寻路中国

黄河之旅

追溯五千年中华文明之源

[美]比尔·波特 著　曾少立 译

四川文艺出版社

readers-club

北京读书人文化艺术有限公司
www.readers.com.cn
出 品

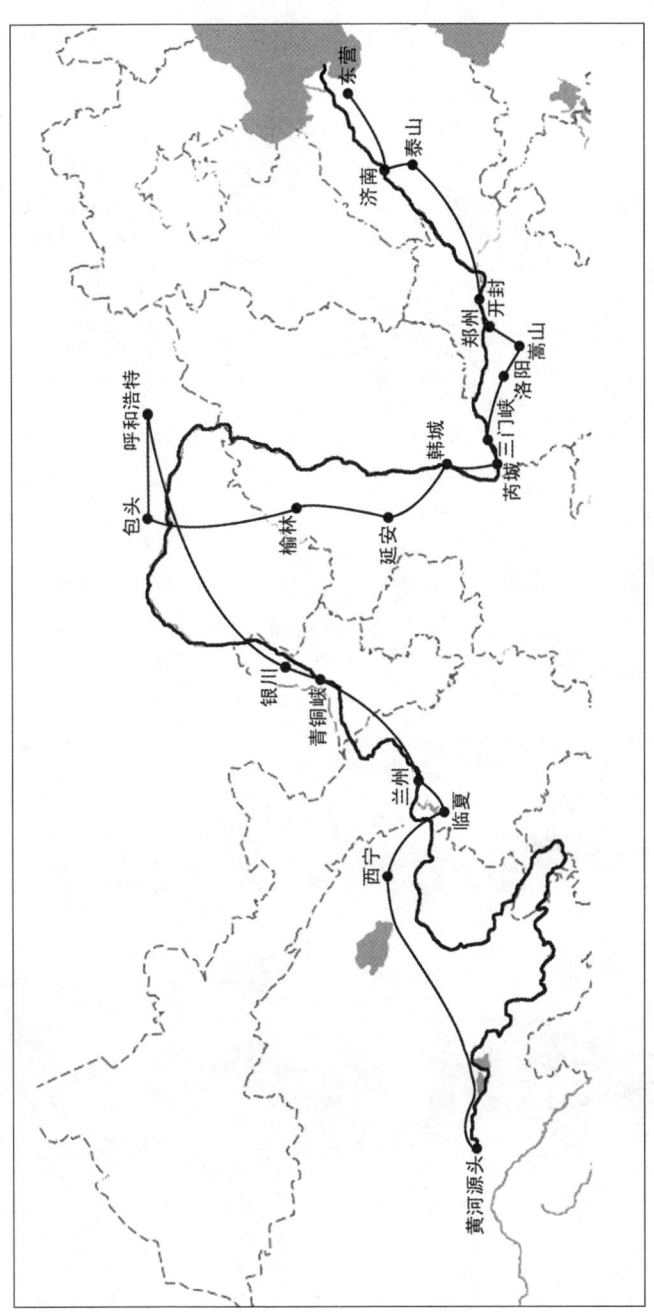

缘 起

1991年春，我完成了《空谷幽兰》的写作。几个月之后，我们夫妇决定把两个孩子送回美国。两个孩子会说汉语，却不会说英语。在中国台湾的外国人，有钱的都把孩子送到台北美国学校，在那里可以学习英语，可我们负担不起那所学校昂贵的学费。

在台湾住了二十年后，我对于什么时候回美国并没有很确定的想法。毕竟拖家带口的，往返费用很高。我更想做的，其实是另外一件事，当然它也需要钱，可我当时正缺钱呢。于是我给我的朋友王文洋先生打了电话。我第一次见到他，是我在电台做节目采访时，当时他是"南亚塑料"的老板。当时我问他是否看过电影《毕业生》。在这部影片中，达斯汀·霍夫曼遇见一位商人，他想给达斯汀一些忠告，关于走向社会的大学毕业生需要懂得哪些事。他说："孩子，我只想告诉你一个词——塑胶业。孩子你记住，塑胶业。"然后我问王文洋，如今他想告诉大学毕业生的是什么？他毫不犹豫地回答："我想告诉他们的是：循道。"此话一出，我们马上就成了朋友。

事实上，我1989年的首次中国大陆之旅，正是王先生提供的资助。我那次是去寻找当代的中国隐士。这次我告诉他，我们夫妇准备把孩子送回美国，然后我想再去中国大陆做一次旅行，可是我们全家去美国之后，我就没钱去中国大陆了。他问我这次去中国大陆准备做什么。我说准备沿着黄河走，从入海口一直走到它的源头。五千年前，中华文明起源于黄河流域，此后一直到宋朝，那一带都是中国文化的中心地带，持续了四千年。我告诉他，我要走遍整个黄河流域，更多地了解成就了如此伟大文明的事件、人物和景观。

王文洋是个喜欢当场拍板的人。他说他欣赏这个想法，问我这样一次旅行需要多少钱。我说了数额。他说下午就可以去他办公室取钱，现金或者旅行支票都行。于是我当天就把钱取了回来。需要这笔资助的首要原因是我两年没工作了。我曾在台湾的一家英语电台工作了五年，1989年从那里辞职，去中国大陆寻找隐士，我想知道当代中国是否还有像寒山一样的隐士——我曾经翻译过寒山的诗。从中国大陆回到台湾后，我花了近两年的时间，把我的旅行见闻写成了一本书，这就是《空谷幽兰》。

这两年时间，我把大部分积蓄都花完了。因此当妻子和我决定回美国时，我们除了机票钱，已经一无所有，梦想中的黄河之旅自然也无法成行。王先生的资助让我高兴极了，我把这一消息遍告我的朋友们。没过多久，我在电台的前雇主也听到了这个消息。他告诉我，他已经受聘在香港开办了一家叫"新城采讯"的新电台，并说我的这次旅行也许可以成为一个不错的电台系列节目。而且他说如果公众喜欢这个节目，我们可以继续做，我可以到想去的任何地方旅行。后来我们就这么干了。从1991年的3月中旬至5月底，我完成了这次黄河之旅，然后用了一个夏季的时间做了二百四十期有关这次旅行的电台节目，每期两分钟。这个节目非常成功，我随后又做了中国西南地区的山岳之旅，然后是丝绸之路，再然后是江南的人文之旅。我在中国各地旅行，并把这些旅行经历做成电台节目，总共花了两年时间。

两年之后，我不仅有钱回美国，而且还在西雅图附近的一个镇上买了套房子，付了首期房款。从此我就住在那里，算起来到现在已经快二十年了。出乎意料的是，那些为我赚了一套房子的电台节目，多年以后竟然再次发挥了作用。去年在北京，《空谷幽兰》的出版人问我是否还有读者可能感兴趣的素材。我就想到了以前的那些电台节目，于是与出版人一拍即合。我回到家，像多年前一样，又用了一个夏季的时间，把原先的二百四十期电台节目改写成了这本书，取名为《黄河之旅》。

在改写的过程中，我仿佛又回到了二十年前，在那些日子里，我一个人行走在黄河两岸，行走在中华文明的腹地。黄河水奔流不息，五千年的中华文明绵延不绝。如果黄河断流了，中华文明也就危险了。幸好黄河水过去奔流不息，现在仍然奔流不息。就让我们一道打开这本书，感受一番永远奔流不息的黄河之水、永远绵延不绝的中华文明，也感受一番我永远不能忘怀的那些日日夜夜吧。

Bill Porter

2012年3月12日于华盛顿

目 录

001　第一章　　　　　上海：殖民者后裔的狂欢
008　第二章　　　　　青岛：老道长与茶树仙女
016　第三章　　　　　蓬莱：一去不返的寻仙船
021　第四章　　　　　临淄：此曲只应天上有
025　第五章　　　　　东营：黄河入海流
030　第六章　　　　　济南：不能承受之重与大庙的墓冢
040　第七章　　　　　泰山：中国最大的朝圣中心
049　第八章　　　　　曲阜：圣人是怎样炼成的
059　第九章　　　　　开封：穿越到北宋
071　第十章　　　　　郑州：有龙就有"新天子"
076　第十一章　　　　嵩山：盘古的肚子
087　第十二章　　　　洛阳：翩翩白马自西来
096　第十三章　　　　三门峡：峡与关——帝国的辉煌
103　第十四章　　　　芮城：神仙们的新家
110　第十五章　　　　韩城：大人物的"终审判决书"
121　第十六章　　　　延安：从"七百匹马"到"东方红"

133	第十七章	榆林：短命王朝的长命都城
142	第十八章	呼和浩特：两千年的政治棋子
151	第十九章	银川：九座枯坟一局古残棋
162	第二十章	青铜峡：黄河边的一百零八种烦恼
169	第二十一章	临夏：丝绸之路十万佛
182	第二十二章	日月山：公主的魔镜从天而降
195	第二十三章	黄河源头：五千年文明五千里路

/ 第一章 /

上海：殖民者后裔的狂欢

我想嗅嗅上海这座城市的气息，于是便请服务员来打开饭店的窗子。上海只是此次黄河之旅顺路经过的地方——这次我从香港过来，打算从黄河的入海口一直走到它的源头。一到上海，我便忍不住盘桓一两天，因为今年海滨娱乐团（Coast Ball）的中国狂欢派对就在上海。本来这个一年一度的聚会，主办方和服务对象都是在香港的外籍人士社团，通常每年三月份在澳门的荟景阁举行。但是今年荟景阁要重新装修，主办方就选择了上海的和平饭店。"文革"期间，和平饭店的整幢大楼都被木板封死了，因此那些华丽的内部装饰得以完好地幸存下来。

我从机场打车到和平饭店，不巧的是客满了，而且外滩沿街的其他宾馆也全部客满。海滨娱乐团的主办方预计，前来狂欢的客人将超过五百人，因此他们在六个月前就将所有的客房预订一空。

幸好只隔几个街区的原俄国总领事馆一周前重新对外开放，更名为海鸥饭店。我选好房间住了进去。饭店走廊新装的镶板还散发着浓烈的塑胶气味。

服务员打开窗子，黄浦江从海鸥饭店以及外滩的其他宾馆面前缓缓流过，江面上吹来的风冲淡了饭店内混浊的气味。

海滨娱乐团在上海和平饭店

我谢过饭店服务员，远眺外滩，不禁浮想联翩。从这里往北二十公里，黄浦江与长江二水并流，再流入中国的东海。正是这些水道的交叉汇合，孕育了上海这座城市。中国十多亿人口，大多居住在长江流域，上海就是将他们与世界其他地区联结起来的节点。二三百年以前，上海还什么都不是，到了近代却迅速崛起，后来居上。

1917年英国传教士库寿龄出版《中国大百科全书》。谈到上海时他写道："整座城市建立在一片泥泞的沼泽地上，缺少自然风光，建筑也不美观，只有外滩的几幢大楼差强人意。"今天，这座城市变了，差强人意的大楼不再是几幢，而是几百幢。但我不是来见证历史巨变的，我只是想参加海滨娱乐团的狂欢。现在离派对开始还有几个小时，我得出去溜达一圈。

从海鸥饭店一路往北，刚路过原美租界的所在地，天空就飘起了雨，不过我的派克大衣当雨衣用也还不错。又走过几个街区，我步入虹口公园，来到了鲁迅墓前。

鲁迅是中国20世纪最伟大的作家。他在上海度过了生命中的最后十年，于1936年去世，终年五十五岁。墓前铸有一尊他坐在藤椅上的铜像，线条简练朴拙，堪称杰作。我从小贩手里买了些鲜花，放在一个日本参访团敬献的花圈旁边。鲁迅曾在日本留学多年，后来他重新回到中国，开始了他的文学创作。尽管鲁迅有社会主义倾向，但在日本，无论过去还是现在，他一直被视为英雄。虹口公园里还有一座鲁迅纪念馆，展出他的各种遗物，搜罗完备，巨细悉陈：怀表、伞、他的书和期刊，还有一套他早年刻制的木版画，比文字更生动地反映出了他对同胞苦难的同情，令我想起了版画家珂勒惠支的作品。

外滩

出了虹口公园,我继续向北,寻找鲁迅的故居。在停下来问了几次路之后,我终于在一条弄堂里找到了这幢简朴的砖宅,门前的一块牌匾上写着"鲁迅故居"几个字。这宅子通常都会对外开放,可今天却大门紧闭。一位过路的男子告诉我,只要下雨这宅子就关门,因为怕游客弄得满屋泥泞。闲聊中这位叫李厚的男子说自己是个画家,并请我一块去喝茶。我在他家客厅的扶手椅上刚坐下,他就给我看他的画,主要是水墨画和水彩画,一张张铺满了房间的水泥地。通过这些长长的卷轴,我仿佛看见鲁迅简具行囊,一步步走过弄堂,从他年轻时的现实主义走到晚年的象征主义……

不知不觉间天色已晚,我谢过李厚,回到了饭店。黄昏时,从窗口眺望外滩,幢幢大楼华灯齐放,倒映水中,一片辉煌。"外滩"的英文词"Bund"来自北印度,本义是河流的堤岸或海边人

虹口公园里的鲁迅铜像

行道。印度成为英国的殖民地后，英语就吸纳了这个词，然后这个词又跟鸦片一道，被英国人带到了上海。今天晚上，这些殖民者的后裔，将为这座城市一掷千金，点亮和平饭店那些华丽的灯饰。这些灯饰通常只在特殊的节日才会被点亮，比如中国的春节和国庆节。

远远地，我看见出租车频繁出入和平饭店，狂欢客纷纷从车上下来。于是，我连忙出门跨过苏州河上的一座桥，混进了他们的队伍，与几对夫妇一同走进和平饭店的旋转门。

派对在八楼举行，门口有领班，凭请柬才能进入。我可没有请柬，而且我的紫色风衣，与那些狂欢客的衣冠楚楚也很不协调。于是领班把我揪了出来，示意我站到一边。不过，我早有准备。我向他出示了香港记者证——我正为香港的一家英文电台工作，参与一档与旅游相关的节目制作。为了让我看上去更可信，我还在脖子上专门挂了一部相机。这领班大概没有想到电台记者其实是不用相机的，反正他一挥手，就让我进去了。这样我就加入了这个由五百多人组成的狂欢组织，加入到这些穿着晚礼服的绅士淑女当中。

一开始，派对的音乐由和平饭店的老年爵士乐队演奏。乐队成员都七老八十了，虽然现在还能演奏《查塔努加火车》，但毕竟年龄不饶人，几首曲子之后，就换上了一支摇滚乐队，他们演奏了吉米·亨德里克斯的两组曲子。气氛逐渐浓烈起来，我只象征性地拍了几张照片，然后就手舞足蹈地加入到这场狂欢中了。狂欢一直持续了一整夜，第二天中午，我登上一艘轮船，继续北上。

和平饭店老年爵士乐团

/ 第二章 /

青岛：老道长与茶树仙女

我搭乘的这艘轮船看上去有些破旧，之前我一直很担心它能不能开起来，但没想到它竟然到点就开，而且开之前也不鸣笛宣布一声，我估计这是因为岸上连一个送行的人都没有的缘故。

这船与众不同，没有头等舱。二等舱每舱八个铺位，除我之外，还有七位乘客。三等舱每舱二十个铺位。而四等舱连铺位都没有，只能睡地板，你得自带被褥，至少得带些硬纸板。但只要走出船舱来到甲板，所有的乘客就都平等了，于是毫不奇怪，船一动，甲板上一下子就汇集了上百号人。乘客大部分是外出打工者，他们靠着船舷，默默地眺望着远方。轮船缓缓驶出黄浦江，两岸的工厂和船坞鳞次栉比，宝山钢铁公司赫然在列；然后，轮船驶入浑浊的长江；最后，驶入同样浑浊的中国东海。大伙也从红日西沉看到繁星满天，直到夜深了才各自散去，回舱睡觉。一位乘务员走过来，把客舱的灯调为暗灯。他解释说，为了防盗，灯不会完全熄灭。深夜，窗外的大海一片墨绿，我枕着这片墨绿沉沉睡去。第二天我一早就起来，惬意地仰躺在一只舱口盖上，沐浴着阳光，不时读几行《金刚经》。我想，这次旅行也许会让我最终读懂《金刚经》。

傍晚时分我们抵达青岛。几百年来，青岛一带的部分口岸一直

去往青岛的船上

是华北粮食的集散地,但青岛成为主要港口城市则是在1897年以后。那一年两个德国传教士被杀,然后德国人占领了青岛,开放为商埠,青岛由此成了百万人口的大城市。每年夏天来青岛海滩的游客达千万之多,六百米长的第一海水浴场,每天拥挤着近二十五万人。第二和第三海水浴场不对外开放,主要作为疗养场所使用。①

时值三月,游泳还太冷。不过青岛对我的意义,不在海水浴场,而在啤酒。我第一次喝到青岛啤酒,是1977年在亚利桑那州的印第安阿帕切族保留地。那时,中国的"文革"刚刚结束,而阿帕切族印第安人,还是一如既往地不愿与美国政府打交道(祝福他们的心)。因此他们与中国的贸易往来比较多。这对我们这些在森林部门工作的

---

① 作者到达青岛的时间为1991年,当时青岛的第二、第三海水浴场尚为疗养地的内部浴场,未对外开放。现在已作为收费浴场面向公众开放。——编者注

青岛啤酒厂

人来说是件天大的好事——在林子里劳作一天之后,我们常常在回家时绕道几英里,去预订店里享用一瓶来自中国的冰镇啤酒。

第二天上午九点,我来到青岛啤酒厂。接待人员告诉我青岛啤酒厂是1903年德国和英国的酿酒人建立的,啤酒花来自中亚,酿酒的谷米来自澳大利亚和加拿大,水则取自青岛附近的崂山。啤酒在发酵六十天后,进入装瓶工序。他还为我讲解了啤酒泡沫如何黏附于玻璃杯的杯壁上,并说这是优质啤酒的一个标志。我品尝了四种优质啤酒,然后跟他进了装瓶车间,在那里我看到了一个瓶子的迷宫——瓶子们在这里蒸馏、冷却、灌装、加盖、打标,从这里发运到我远在亚利桑那州白山的朋友那里。

灌了一肚子青岛啤酒后,我打车去了崂山。酿造青岛啤酒的水,就是从那里来的;更不用说,中国最负盛名的崂山道士所喝的茶,也取自崂山。两千多年前,一位术士说服了秦始皇,使他相信,在崂山以东的大海上,有一座神仙居住的仙岛。于是始皇帝给了他一条船和大量的财宝,以及五百个准备成仙的随从,命令他从仙岛取回长生不死之药。

青岛去崂山的公路,紧邻海岸线。经过过去生长海草、珠蚌的老河床和泊着渔船的小码头,在一片开阔的海滩,我让司机停下来,下车观赏了一番。去仙岛的船就是从这里起航的,可是这些船都一去不复返。尽管这件事做得如此失败,崂山还是成了道家修行的圣地。离开这片神奇的空海滩不久,我来到了太清宫。中国目前在世的最著名的道士之一匡常修道长[①]就在这里。

[①] 匡常修(1904~1993),字和阳,别号"一道人"。作者于1991年春初抵达太清宫时,匡道长尚在世。——编者注

船从这里出发往仙岛寻访不死之药

匡道长住在太清宫的一个庭院里。院子位于崂山山麓，不对游人开放，但有一个侧门开着。于是我就溜了进去，看见道长正在客厅与一个年轻人说话。道长的随从一见到我便向我摇手，示意离开。就在我转身要走的当口，年轻人不知跟道长说了什么，于是这名随从又把我叫了回来。道长示意我进去，坐在他身旁。这时我才发现，那位年轻人竟然是我一年前在青岛以西千里之外的终南山遇见过的，那时他已出家成为道士。更神奇的是，他从衬衣口袋里，掏出了我一年前给他的名片。这一意外的惊喜，把匡道长都给逗笑了。

匡道长今年虚岁八十八了，他手持一根扭木杖，一尺多长的白髯飘拂在胸前，黑色道冠之上，是白色的发髻。我向他请教道家的修行方法，他说修行很难，但人人都可以做。刚说了这么一句，就有人来催他去吃午饭。于是，我与那位年轻人一起告退。我问年轻人为什么不穿道袍，他说现在的道观已经不再是修行的好地方，他打算在甘肃乡下的某处搭建一个小屋，作为修行之地。他的背包里是他的全部家当，当中有一支伸出头来的长笛。

我与这年轻道士道别后，继续在太清宫悠游。几分钟后，我发现自己来到了一个院子，数百年前，蒲松龄就住在这里。他是中国最负盛名的小说家之一。论知名度，他的《聊斋志异》在中国，就像《汤姆·索亚历险记》在美国一样。在《聊斋志异》以太清宫为背景的故事中，有一篇是写两位仙女的。她们决定以茶树之身活在世上，一株是红茶树，一株是白茶树。[1]两株永远美丽的茶树，

---

[1] 此处作者提到的故事应该源自《聊斋志异》中的《香玉》，但故事中提到的是一株红茶树，一株白牡丹。——译者注

与蒲松龄故居庭院里成百上千的繁花交相辉映，一片绚烂。一株树的旁边，有一条长椅，我走过去坐了下来。在这样一个长生的仙境中，我忽然想起了庄子《齐物论》中庄周梦蝶的故事，与那些美丽的树在一起，我似乎也有点儿分不清到底我是花，还是花是我了。

崂山蒲松龄故居庭院里的茶树

/ 第三章 /

蓬莱：一去不返的寻仙船

走出仙境，我回到青岛市区，上了火车站前的一辆中巴。这些中巴只要客满，随时可以开车。我是第一个上车的，选了个驾驶台边的单人座。但后来我发现这个位置真有点潜在的危险。

选择它只是因为我喜欢看车前方的道路。二十分钟后，中巴满了，向烟台驶去，走的是一条新高速，穿过山东半岛。尽管这条高速路才修了一半，我们还是开得飞快，即便是在未完工的路面上，司机都不带减速的。半路上太阳下山了，路面越来越暗，但司机一直不开前灯。我问司机这是为什么，他回答说灯坏了，然后从杂物箱里取出一只手电，固定在挡风玻璃前，照着前面的路。手电？这可不是闹着玩的。我想他这样做，只是为了安抚我的担忧，实际上那手电根本起不到任何作用。在这种状况下，司机还与前面的大卡车玩起了追车游戏，似乎觉得与前面的大卡车咬得越紧越好。一辆大卡车跑了，眼看着追不上，他就等下一辆大卡车上来，再把它咬住。我为什么要选择坐在他旁边？！

就这样心惊胆战地走了大约一百五十公里后，我终于住进了"烟台宾馆"。但是祸不单行，中巴车上不爽的故事还有续集——宾馆的服务员把我的签字和护照上的进行比对，发现有点不一致。

这真新鲜！于是我不得不把我从上海到青岛再到这儿的行程都交代了一遍，我告诉他我刚从青岛过来，他才总算点了点头。

烟台宾馆坐落在海滩的西端，后面是一座小山，这座小山上原来有一座烽火台，"烟台"这个名字的来历，就是因了这座小山——在中文里，"烟台"有烽火台的意思。现在，小山顶上的那座烽火台，早已被一座灯塔所取代，但"烟台"这个名字却长久地保留了下来。

在这座小山上还保留着英、美两国领事馆的遗址，这是鸦片战争的残迹。1858年，作为鸦片战争的苦果，中国人签署了一项条约，许可外国势力在一些口岸设立租界，例如上海、青岛、烟台等。[①]外国人把烟台误称为芝罘，而实际上，芝罘只是烟台港一带一个城区的名字。那时烟台还不是一个通商口岸，它除了一个海港外，别无所有，而且根本没有防波堤。一到冬天，北风吹浪，船上和岸上的货物都很危险。直到1916年，这里才建起了第一道防波堤。[②]

外国人从船上卸下的是鸦片，至于装船运走的是什么，《中国大百科全书》有这样的记载："除了每年运输十万苦力到西伯利亚之外，主要的贸易是豆腐、粉丝、花生和丝绸，另外，发网、花边和水果的生意也不错。这最后一项要感谢倪维思牧师，是他将外国的水果嫁接到中国，并教会中国人培育它们。"烟台从此以出产寒带水果而闻名，包括苹果和梨。

[①] 1845年11月29日，清政府与英国领事公布《上海土地章程》，上海始辟租界。1898年3月，清政府与德国签订《胶澳租界条约》，青岛始辟租界。烟台是否存在租界，史学界存在争议。作者此处的说法不严谨。——编者注

[②] 从1915年8月到1921年9月，烟台港东西防波堤工程历时六年竣工。作者此处的说法不严谨。——编者注

烟台的葡萄也很有名，不过那不都是用来当水果吃的。葡萄这种被古希腊人和古罗马人看作上帝礼物的水果被倪维思牧师引入烟台后不久，一个祖籍广东的商人就开始用葡萄酿酒，时间是1892年。他很快就成功了，名下的张裕酒厂从此变成了烟台这座城市最知名的企业。葡萄酒可是我的最爱，第二天一早，我就迫不及待地去看了这家酒厂的酒窖。那里满是清一色的大橡木桶，它们是一百年前酒厂的创始人从法国引进的。然后我参观了装瓶车间。厂家为了表示欢迎，还开了五六瓶酒款待我。卡本内和雷司令的味道不错，但马斯喀特和苦艾酒太甜了，就连我这样的葡萄酒鬼也畏缩不前。不过，临走时我忍不住买了一瓶四十年的白兰地。

上午十点，我在烟台的行程就此结束。收拾好行李，我上了一辆开往蓬莱的巴士。蓬莱在烟台以西七十公里处。这是一辆标准的高速大巴，尽管它与之前那辆中巴大不相同，但它还是给我带来了一段奇异的旅程，对此我只能告诉自己：一定要淡定再淡定。这辆大巴在半路被警察拦下，所有的乘客被告之要检查身份证和行李，包括车顶的行李。一路上这样的停车检查我们一共经历了三次。原来，就在我品尝驰名中外的烟台葡萄酒时，三个人进了当地的一家银行，打死了两个出纳。谢天谢地，我们总算没有被第四次拦下。中午刚过，大巴终于到达了蓬莱。

在中国一提起蓬莱，有些人会摇头感叹，另一些人则会凝视远方。原因就在于，中国古时候的蓬莱不是现在地理意义上的蓬莱，而是中国神话传说中描述的一座岛屿，它也不是普通的岛屿，而是仙人住的地方。据说，这个"仙人居"曾多次出现在山东近海，可望而不可即，许多渔民和航海者曾经偶尔瞥见过它，但一靠近，它就不见了。据说现在这座仙岛仍然会不时地在渤海上隐现。

作者与八仙图合影

我在蓬莱市里唯一一家看起来还不错的酒店里住下，离这家酒店大约十个街区就是蓬莱港码头。我把行李安顿好之后，就步行来到码头，登上了海岬的蓬莱阁，观赏新近建成的岛屿景观。蓬莱阁坐落在一处悬崖上，从那里可以眺望蓬莱港和渤海。它是中国最著名的楼阁，但现在却变成了道教各路神仙的祠堂大杂烩。在蓬莱阁顶，山东省电视台安装了一台摄像机，随时准备拍摄那传说中可遇不可求的仙岛。

仙岛当然也没有在我登上蓬莱阁的时候出现，于是我带着一丝失望返回了码头。曾经有一群道士正是从这个码头出发，渡过渤海，抵达了极乐之岛，他们被称作"八仙"。海滩边，有人用胶合板画了八仙像，领头的是拿扇子的汉钟离和背着剑的吕洞宾，还有持铁拐杖的铁拐李、满头白发的张果老、可爱的何仙姑、皇亲国戚曹国舅、提着花篮的奶油小生蓝采和、唐朝诗人韩愈会吹笛子的侄孙韩湘子[①]。但画中人韩湘子的头的部分已然不知去向，于是我走到画板后面，用我的头代替他的头，并请人拍了照。啊，蓬莱！就让我代替韩湘子，来分享他的仙人同伴的友情和奇遇吧。

---

① 韩湘子是韩愈的侄孙这一说法来自传说，是否属实，尚存争议。——编者注

/ 第四章 /

临淄：此曲只应天上有

清晨，我断了在蓬莱的仙人梦，没有乘船去那座极乐之岛，而是再次登上了一辆大巴，一路向西，回到滚滚红尘之中。这是一辆老式客车，它应该很擅长在劣等公路上行驶，因此即便是走在平坦的高速路上，它仍然会习惯性地颠簸。公路开始沿着海岸线走，后来转入内陆，每十公里左右，会出现一个标牌，提示行走在路上的人们已经进入了工业城市淄博的地界。淄博确实是一个"工业城市"，因为它的工业烟尘污染半径达二十公里。我在一个标牌处下了车，结束了与车上的乘客同甘共苦的颠簸旅程，独自投身于车下的烟雾中。标牌告诉我，往北一公里，就是历史上齐国古都城的所在地。

在春秋战国的漫长历史中，齐国是角逐天下的几大诸侯强国之一。齐国的成功，在很大程度上得益于管仲一人之力。管仲是春秋时期齐国国君桓公的主要谋士，受命制定了一系列财政政策，使齐国成了富甲天下的诸侯国。传说他也是传世著作《管子》的作者。我向一些农民打听到管仲墓的所在地，那是一片荒野，从我下车的地方穿过高速路就到了。公元前645年，管仲下葬于此。我惊讶于他的墓还在，两千多年了，农田也好，公路也好，对它毫发无伤。

其实，我相信管仲自己并不在乎后人怎样对待他的墓。墓对死者并无多大意义，它是给活人看的。它不过是给了我们一个瞻仰故人、追思过往的场所。我没在那里久留，凭吊了一阵就离开了，接下来我打算去管仲治理过的齐国的故都看看。

历史上齐国的强大使得许多小国都向它寻求庇护，鲁国就是其中之一，它是一个与齐国西南交界的小国。公元前517年，鲁国国君昭公抱怨两个贵族斗鸡，于是遭到他们的反抗，被迫流亡。这件事听起来很离奇，却是真的。鲁昭公在向齐国国君寻求庇护的时候，还带着一位年轻的谋士。这位谋士就是孔子。那年孔子只有三十五岁，却被认为老练多谋。

当时齐国的国君是景公，景公远不如他的祖先桓公英明。景公向孔子询问为政之道。孔子回答："国君要像国君的样子，臣子要像臣子的样子，父亲要像父亲的样子，儿子要像儿子的样子。"（君君，臣臣，父父，子子。）景公听了后说："对极了！假如国君不像个国君，臣子不像个臣子，父亲不像个父亲，儿子不像个儿子，即使有很多的粮食，我怎么能吃得着呢？"（善哉！信如君不君,臣不臣,父不父,子不子,虽有粟,吾得而食诸？）景公也许并非英明领袖，可也不是笨蛋一个。

一天，景公又向孔子请教为政之道，孔子说："管理国家最重要的是节约开支、杜绝浪费。"（政在节财。）景公听了很高兴，要请孔子做谋士。宰相晏婴劝阻说："儒家的人能说会道，信口开河，是不能用法来约束他们的；他们高傲任性自以为是，不能任为下臣使用；他们重丧久哀，不惜倾家荡产，不能让这种做法形成风气；他们四处游说乞求官禄，不能用他们来治理国家……孔子如此强调礼仪和行为规范，这些繁文缛节，几代人都学不完。您如果采纳他的这套东西，恐怕不是引导老百姓的好办法。"（夫儒者滑稽而不可轨法；倨傲自顺，不可以为下；崇丧遂哀，破产厚葬，不可以为俗；游说乞贷，不可以为国……今孔子盛容饰，繁登降之礼，趋详之节，累世不能殚其学，当年不能究其礼。君欲用之以移齐俗，非所以先细民也。）于是景公告诉孔子："我老了，不能用你了。"后来鲁昭公归国，孔子就随他回去了。但在走之前，孔子留下了一些东西，至少我希望他留下一些东西。

我向一位农民打听齐国古都的所在地，他表示可以用拖拉机送我，路费人民币五元。虽然只有一公里的路程，但我背着背包，不想走路了。十分钟后我们到达了目的地——老城墙的南端，在这位农民的指点下我找到了那座我想看的纪念碑，碑上写着"孔子闻韶处"。韶乐由舜帝的宫廷乐师创作，在孔子诞生前两千年就已问世。在到齐国之前，孔子从未听过像韶乐这样完美的和谐之音。对于什么事都要讲和谐的孔子来说，这样的音乐实在太美好了，此后三个月，他的心思都在韶乐上，完全不想别的事，甚至感觉不出肉的滋味。但是，现在韶乐失传了。我曾经希望能在这里发现点什么或听到点什么，现在看来这是不可能的。我所能够看到的，只是一块刻着汉字的石碑；我所能够听到的，只是那些吹过这座城市古老城墙的风声。唉，"此曲只应天上有，人间能得几回闻"？

几年以后，鲁定公受邀重访齐国。为了表示敬意，齐国为他举行了国宴。孔子自然要陪同前往，为他的国君充当礼仪顾问。国宴上，齐景公命令乐队为他的贵客演奏四方之乐，孔子表示反对："两国的国君交好，怎么能奏这些粗俗的夷狄之乐？让他们快撤下去吧。"景公无奈，只好挥手让乐队下去了。然后他又唤来一帮表演者，他们是弄臣、倡优和侏儒。正在表演，孔子跑过去厉声喝道:"匹夫惑乱诸侯,其罪当诛,请惩犯上之人。"整个宴会的气氛顿时紧张起来。别人都沉默不语,于是景公当场杀了这些人。从此以后,宴会的邀请名单里,基本上没有孔子什么事了。

尽管齐国是中国春秋战国时期最强大的国家之一,但它总是一会儿跟这国结盟,一会儿跟那国结盟,而不是去征服它们。到后来,秦国后来居上,成了最强大的国家,并最终在公元前221年统一了六国。即使是在那个时候,临淄都是当时中国的政治和文化中心。从古临淄的遗址中,考古学家发掘出了一些令人难以置信的宝藏,而这些文物的出土地点距"孔子闻韶处"仅百米之遥。如今这些文物都收藏在临淄的新博物馆中。到了博物馆我才发现,除了几个保安,只有我一个参观者。显然,这座博物馆,不在任何旅行者的行程当中。遍览博物馆的各种文物,最吸引我的,是"金银错镶嵌铜牺尊",这是中国古代盛酒的礼器,"牺"在中国古代指纯色的牛,不过它看上去更像是一只河马。

离这座博物馆不远的地方还有另一处遗址,在一幢比博物馆小很多的楼里。它是一个墓葬坑[①],里面有六百匹马的骸骨。这些骸骨排列着,组成战阵。它们是作为齐国国君死后的陪葬品而被活埋的。在《论语》一书中,记载着孔子这样的话:"齐景公拥有数千匹马,但在他死后,没有人称赞他有德。"(齐景公有千驷,死之日,民无德而称焉。)事实就是这样,要论美德,一些人就什么都不是了。

---

① 即临淄齐都镇的殉马坑。——译者注

/ 第五章 /

东营：黄河入海流

从古城临淄一路向北，就能抵达黄河三角洲。临淄博物馆的一位保安帮我在路边拦了一辆出租车。我告诉司机去黄河入海口，他说自己从未去过，而且这个时间去就意味着得在外面过夜，便犹犹豫豫地不想走。但这时路上除了卡车和拖拉机再无别的出租车经过，因此我除了坚持要他走之外，别无选择。我们谈了半个小时，最后司机同意了，条件是带上他的女友，并由我支付他们的房费。

黄河入海口的位置一直在变化。在史前时代，要偏北得多，甚至到了北京南郊。而历史上有几次，又南移到了上海附近。另外，第二次世界大战中，为了阻止入侵的日军和共产党的支持者，蒋介石炸毁了黄河的堤坝，致使黄河改道，并从山东半岛的南边流入大海。除此之外，黄河的入海口就没有大的变动，而我现在就是要去那里。

从临淄往北八十公里，就到了东营市。四十年前，黄河三角洲是中国人烟最稀少的地区之一，除了滩涂和沼泽，一无所有。东营这座城市也因其所处的地理位置而籍籍无名。自从1960年这里发现了石油之后，东营市就成了胜利油田的运营基地。响应"我为人民采石油"的号召聚集到这里的人们成为了开发东营的先驱者，当时的各种宣传让他们对这个阳光明媚的地方充满希望。当然,这里也是资产阶级分子们接受再教育的大好去处。到如今,只是三十年光景,东营的人口已从原来的几千猛增到了三十万。

值得庆幸的是,东营并没有对像我这样的外国人关上大门,只是要求我在东营公安局外事处登记,以获得必要的许可。我去公安局的时候,主事的警官告诉我,东营还是《孙子兵法》的作者孙子的故乡。只是所有的遗迹都荡然无存了——没有故居,没有墓冢,也找不到他第一次向鬼谷子学习兵法的地点。我向这位警官表达了感谢之情,感谢他的许可证和有关孙子的信息,然后走向"胜利宾馆",这是东营唯一的一家涉外宾馆,地方很大,通风很好。不过第二天一大早,急着赶路的我们就退房上路了。

在驱车去海边的路上,我逐渐意识到,从这里到达黄河入海口要比我原来预想的困难得多。我们沿途遇到的人,没有一个真正去过,不过他们众口一词地说从东营北边过去是最佳路线,于是我们便一路向北驶去。路上有一座横跨黄河的大桥,桥头悬挂着巨幅标语,上书"黄河第一桥"。车行到桥中间,我叫司机把车停下来,拍了几张照片。桥上车很少,一两分钟才来一辆。此时,司机也下了车,我俩一起凝视着脚下的黄河,它宽约五百米,水色如同巧克力牛奶一般。

过了桥之后,由于路况复杂,我们不得不反复停车、问路,问了大约有十来次。尽管成效不明显,但我们仍然坚持不懈,或者说司机是被我逼成这样的。我们花了四个小时,跑了一百多公里,什么路都跑过,车轮上沾满了泥。最后,我们不得不开进一片滩涂,停了下来。这里有大量的滩涂,都是黄河每年冲积而下的泥沙形成的,自1855年这里成为黄河入海口起,附近的陆地就在以每年57平

黄河入海口

方公里的速度增长。幸运的是，我突然发现现在我们所在的这片滩涂正好是隔开黄河和渤海的最后一片滩涂。

我向黄河口走去，除了一片高高的干草之外，滩涂上一丝新绿都没有。但我惊奇地发现，在这里我不是唯一的人类，还有几队工人在操作水泵和软管。我走过去问他们在做什么，工头解释说他们是在把淤泥化在浊水里，然后把水再泵回黄河。他们在附近搭了帐篷，轮班干、连轴转，一天二十四小时、一年三百六十五天不停歇。工头说，这活永远也干不完，目的在于防止黄河淤塞和洪水泛滥。

其实，过去黄河口附近闹洪水，并不会引起恐慌，人们都习以为常了，完全由着黄河东走西突，直至找到一个新的入海口。事实上，这也是最近一万年来华北的地貌变成今天这个样子的原因。黄河就像一把摇摆的消防水枪，忽南忽北，涂抹着这片曾经是大洋的土地。但是，随着胜利油田的建成，黄河口的稳定成为了一个必要条件，因为对于油井来说咸水和污泥有巨大的破坏作用。

那个工头还告诉我，每到冬天，空军会出动轰炸机炸破黄河某些河段的冰面，防止冰冻导致河水流不出去。不过总的来说，冬天黄河的水温还是高于冰点的。我谢过工头，转身向一二百米外黄河最后入海的地方跋涉而去。数百万年来，黄河不断地"倒沙子"，滩涂不断地增长，我眺望渤海，感觉它忽然变小了。

工人把淤泥化在浊水里,然后把水再泵回黄河

/ 第六章 /

济南：不能承受之重与大庙的墓冢

从黄河三角洲回到了临淄古城附近的高速路上，我拦下了一辆巴士向山东省会济南进发。如果是秋天，我可能会在淄博停一下。因为每年秋天，当北风把淄博石化工业烟囱里喷出的废气都吹散时，这里会举行中国最大的风筝节。在这个风筝节上，风筝爱好者们会充分发挥他们的创意和技能，一试身手。不过现在才三月底，天气太冷，不适合放风筝。事实上，我是在暴雪中抵达济南的，双脚都冻僵了。司机说这是今年最大的一场雪。

我看过的英文旅行指南，对济南颇有微词，说不值一去。不过大雪掩盖了它的瑕疵，整个城市看起来真的挺漂亮。住进老旧的"济南宾馆"，我一边啜着热茶，一边坐在打开的窗前，欣赏飘落的雪花，同时把冻僵的双脚放在暖气上烤。整个下午就这样过去了。

第二天早晨，我的脚似乎缓过来了，于是我准备步行去逛逛景点。济南有个著名的别称——泉城，直到近代，这里仍然有七十二泉。在雪和泥泞中跋涉了一个上午后，我终于到达了位于老城墙内西南角的"趵突泉"，这是七十二泉中最著名的一个。泉眼在一个池塘里，而池塘又在一座公园中。泉水实际上已经干涸，水是从别处用泵抽来注入池塘的。在趵突泉附近的小路上扫雪的人告诉我

济南护城河

说,泉水的干涸是附近的建筑工地在施工时挖地基破坏了地下水道而造成的,七十二泉的大部分都遭遇了同样的命运。政府为了让这些泉水复流,曾经采取了一些措施,却都失败了。因此,现在的"泉城"济南,只是徒有虚名而已。

我一声叹息,相信济南市民也会一声叹息,我相信。

离开趵突泉,我进入了中国最著名的女词人李清照的纪念堂。这位女词人嫁给了一位士大夫,她和她的夫君曾在这里居住过,那是公元12世纪的事了。当时,游牧民族女真族侵犯中国北方,攻陷了宋王朝的都城开封(在济南西南方三百多公里处),李清照的丈夫作为朝廷命官,与朝廷一起逃到了南方。宦游之人没有携带眷属的惯例,因此李清照留在济南。她写下了这样的词:"寂寞深闺,柔肠一寸愁千缕。惜春春去,几点催花雨。　　倚遍阑干,只是无

大明湖

情绪。人何处,连天芳草,望断归来路。"以此表达她对丈夫的思念。她的丈夫在南京做官,那是中国另一条大河——长江的流经之处,长江在南京附近拐了最后一个大弯,波涛滚滚地向上海和中国东海奔去。后来李清照还是去了南方与她的丈夫团聚,可是好景不长,她的丈夫不久就死了。她悲痛欲绝地写道:"风住尘香花已尽,日晚倦梳头。物是人非事事休,欲语泪先流。 闻说双溪春尚好,也拟泛轻舟。只恐双溪舴艋舟,载不动、许多愁。"

我想我也许能够把这种"载不动"的沉重译成英文,于是在纪念堂买了一本书,里面有对她的诗词的系统注释。做完这一切,我又原路返回,走过公园,再走过老城墙。尽管济南的大多数泉水已经没有了水,但城墙外护城河的水量仍然丰沛。我沿着落满雪的护城河堤,来到了位于北城墙内的大明湖。快到公园门口的时候,我看见一块巨石,上面刻着毛泽东的鎏金手迹。我的书法老师曾说毛体的风格是"有胆无骨"。我于书法一道,一直都不精,也是"骨"的问题吧。

靠近大明湖,我惊诧于它的大和荒寒。转念又想,这么冷的天,天空还飘着雪花,谁会来游湖呢?公园里只有一个出租小船的生意人。既然来了,我决定也坐坐船,到湖上转悠一圈。我把船划到一个湖心小岛,走进了岛上那座孤单地立在冰天雪地中的亭子,这亭子叫历下亭。公元745年,诗人杜甫和书法家李邕在这里夜宴而醉,这个亭子也因为这件事而变得不朽了。亭子里有碑文,记载着那天晚上诗人写下的诗歌,可是碑文太模糊,已经无法辨认了。就在我看这石碑的时候,岛上的寒气让我的脚再一次被冻僵,几乎失去了知觉,真是"关键时刻掉链子",我必须要离开这里了。

离开了大明湖公园,我决定打车去北郊的黄河浮桥。这座浮桥由驳船做桥面,而这些驳船原本是用来渡各种车辆过黄河的。行人走在浮桥上,必须抓紧铁链子,铁链子不仅起到分隔行人和车辆的作用,还能防止行人掉到河里,因为每当有车辆通过时,浮桥就会剧烈晃动,容易让人失去平衡。我走上浮桥,想拍张照片,但桥面的晃动让我不敢松开铁链太久,最终也没能如愿以偿。

事实上,这里是整个黄泛区河道最窄的地方。在冬天,站在岸边可以把石块扔到对岸;即便是夏天水位最高的时候,这里的河面宽度也只有两百米。一个在浮桥附近工作的人说,由于泥沙的不断淤积,河床已经高出济南市五米了——是说河床,可不是说水面啊。他说,每年七月,志愿者大军会轮流沿着河堤垒沙袋,为的是保证中国的泉水之城不会变成淤泥之城。

经过一晚的休整,我决定去千佛山看看。千佛山是济南南部的

千佛山佛像

一道屏障,早在六百年前,佛教信徒就开始在它的悬崖上雕凿佛像。佛像的数量曾一度达到一千尊以上,后来数量锐减,大多数都迁转到其他佛国去了。现在还有佛像约六十尊,它们是战争和政治运动的劫后遗珍。我让出租车司机将车停在一条上山小道旁,然后开始步行。当我经过一尊又一尊佛像时,忽然心生困惑,究竟是什么人出资雕凿了这些佛像?他为什么要选择济南这个地方呢?说实话,这些佛像雕凿得并不太精细,但是雪为它们增添了一些静穆和庄严。这种静穆和庄严,是雕凿技艺本身没有传递出来的。

我尽量向前跋涉,雪越来越深,几乎把我的鞋完全埋没了。我的脚终于再一次被冻僵,离山顶还有一半的路程,我却只能选择转身返回。这样的天气,我不指望在山上遇见任何人,但在下山的路上,却遇见了一对老夫妻。他们说,他们每天都来这里爬山,风雪无阻。我说我是专程来看佛像的。他们告诉我,济南南郊柳埠镇附近山上的佛像,要比这里好得多。

我回到宾馆,暖了脚,然后退房,打车前往柳埠。路不太远,就在济南往南三四十公里的样子。路上太阳出来了,雪立即化得无影无踪,就像没有下过一样。一小时后,车过柳埠镇,拐进一个山谷,在一片古柏林前停了下来,因为前面的道路已经不能供车通行了。在这片古柏林的旁边,孤零零地立着一座佛塔。佛塔最初起源于印度的庐冢,是用来安放高僧遗骨(舍利)的,但现在已经演变成了一种高塔的形式,有的甚至还有楼梯、窗户和阳台。不过这样的佛塔总会让我颇为不敬地联想到等待发射的太空火箭。

柳埠的这座佛塔很有些与众不同,它是用大块岩石砌成的宽大方塔,底座呈正方形,高只有一层,而不是通常的那种砖砌的火箭般的多层圆塔。它高约十五米,宽也有七米多,始建于公元611

年,是中国最古老的石塔,号称"中华第一石塔"。因为其四面各有一个拱形的入口,所以也被称为四门塔。在这座塔中安放着四方佛的雕像。所谓四方佛,即是面向西方的阿弥陀佛、面向北方的不动如来、面向东方的宝生如来,以及面向南方的释迦牟尼。

四门塔所在的位置曾经是一座大庙的入口,现在那座庙宇已经消失在历史的烟尘中了。所幸大庙的历史幸存物,并非只有四门塔。我沿着一条小路穿过山谷,看到一座悬崖,这里刻着十几尊佛像。其中一尊的下面有一行字,告诉人们这尊佛像系奉唐太宗第十三子李福之命所刻,时间是公元658年。这是一尊弥勒佛,他是继释迦牟尼之后现身尘世的佛。此外在一个壁龛内还有一通碑文,上面写道:"四夷顺命,家国安宁,法界众生,普登佛道。"过了悬崖,顺着一条小路继续向下,我来到了一个斜坡处,那里几座佛塔组成了一小片塔林。最大的一座有十多米高,也是方形,外壁雕刻着龙和虎,以及护佑四方的佛像。这片塔林三面环山,真是一个理想的建庙之地。现在看来,这些塔不仅安放了高僧的遗骨,也成了这座大庙的墓冢。

我的司机说,再越过一道山岭,在柳埠以西,还有一处更大的塔林,只是这里没有路可以过去,必须先回到济南,再走另一条往南的道路。我们真就这么干了。两小时后,我们从去泰山的高速路的一个路口出来,上了一条向东的进山路。又过了几分钟,灵岩寺就出现在我们眼前。灵岩寺位于中国最神圣的山——泰山北面的支脉,有道是"游泰山不游灵岩,不成游也",这句老话放在过去,自然是对的,因为那时的灵岩寺,是佛教活动的中心。但现在的灵岩寺,既没有和尚,也没有游客。事实上,当天唯一的一拨游客就是我和司机,看来这么冷的天,没人愿意出门。

柳埠悬崖上的佛像

灵岩寺塔林

想看到当年的盛况肯定是不可能的了，但灵岩寺仍值得一看，因为这座寺庙本身保存得完好无损，也有很多历史遗迹。看庙人带着我们到处转悠，首先看的是两棵长满疙瘩的柏树。他说，这两棵树是汉代种下的，树龄有两千年了，比庙的历史还老。看完古柏朝右一转，就看见了三道泉水。我肯定在什么地方读到过，说灵岩寺是茶道的发祥地，而这三道泉水，应该就是茶道的水源。可惜看庙人对茶道一窍不通，也不知道这些掌故。他对泉水忽略不计，径直把我们领进了千佛殿。

千佛殿内的墙壁上环绕着一千尊释迦牟尼的小佛像，中央是三尊巨佛。中间一尊是"法身佛"，有九百年历史，用藤胎髹漆塑造，我还是头一次看见藤胎的佛像。另外两尊是"报身佛"和"应身佛"，由青铜铸成，听看庙人说这佛像用了五吨青铜。沿墙的砖砌束腰座上,是四十尊一米多高、真人大小的泥塑彩绘罗汉像。其他的庙里要么是五百罗汉,要么是十八或十六罗汉,他们与真实的历史人物之间,即便有关联也不紧密。但灵岩寺千佛殿的这组罗汉像,却完全忠实于历史人物,里面有释迦牟尼的弟子,也有印度和中国的高僧,还有灵岩寺的历任住持,其中包括把禅带到中国的印度高僧达摩,以及在中国民间广受欢迎的济公和尚。

走出千佛殿,看庙人领我们去看殿西侧的辟支塔。它是一座巨塔,高达五十多米,里面甚至建有楼梯直通塔顶。但看庙人说爬那个楼梯太危险,我们只好作罢。接下来他把我们领到一大片塔林,塔林包括一百五十座火箭形的石砌圆塔,据他说这是中国仅次于少林寺塔林的第二大塔林。

这是令人惊奇的一天,我看到了如此之多的石刻佛像和石砌佛塔,却没有看见一个活生生的和尚或尼姑。阿弥陀佛。

/ 第七章 /

泰山：中国最大的朝圣中心

看完灵岩寺塔林，我们回到高速路，往南直奔泰安。泰安最大的庙宇建筑群是岱庙，它是历代帝王举行封禅大典或祭祀泰山神的地方；而泰安这座城市，也正是因为岱庙发展起来的。在中国文化中，山岳有很重要的作用，它们是强大力量的源泉。它们之于大地，就像穴位之于人体一样。而泰山，不仅是各名山大川的灵魂，也被视为死者灵魂的转世之所，是尘世通向黄泉的必经之路。在古代中国，泰山绝对是最大的朝圣中心。百姓来这里祈求延年益寿，多子多福；皇帝来这里祈求国泰民安，皇祚永存。他们不仅为来世，更为现世。尤其是皇帝们，既需要现实力量的支撑，又需要精神支柱。

我当天到泰安晚了，没有赶上登顶的游客大部队，只好早早地睡觉。第二天早晨，我退了房，把包存到火车站，坐公交车去泰山脚下的岱庙。在中国古代，皇帝会来泰山举行各种仪式，那时候泰山上有三座庙，一座在泰山脚下，一座在半山腰，还有一座在山顶。而现在只有山脚下的岱庙被保存了下来。

车停在岱庙的正门口，那里有座亭子，以前皇帝会在那里下马，举行简单的仪式，向泰山神报告他们的到来。我跟随大群游客进入正门，经过五棵由汉武帝种下的巨大柏树，来到了天贶殿，皇帝的祭祀大典就是在这里举行的。

天贶殿建于北宋初的公元1009年，比威廉大帝入侵不列颠早五十年。这座巨大的殿堂，宽四十八米，进深二十米，高二十二米，仅次于北京紫禁城的太和殿和曲阜孔庙的大成殿。经过一千年的风雨，它岿然不动，神采依然。墙上有两幅巨大的千年壁画，描绘了皇帝东巡泰山的场景。壁画以皇帝为中心，相应的人物共计六百余人，有官吏、随从等，以及一个奉祀众天神的万神殿。两画一曰《启跸》，一曰《回銮》，合称《启跸回銮图》。它已成为中华艺术的伟大瑰宝，足以媲美米开朗基罗的作品，却比后者早了五百年。我惊叹于它的伟大：三米多高，六十多米长，一千年的历史。如此历史长卷，为泰山又增添了一圈光环。

根据中国的神话传说，世界是由一个叫盘古的人创造的。他花了一万八千年凿开天地，地上才有人居住。做完这一切后，盘古倒地而死。他的脚变成了西岳华山，肚子变成了中岳嵩山，两只手分别变成了北岳恒山和南岳衡山，而他的头则变成了东岳泰山。因此，从史前时期开始，泰山就被尊为中国五座神山（五岳）之一。但到了汉朝，人们认为头脑比肢体更重要，泰山的地位便凌驾于其他的四岳之上，成为五岳之首。

汉朝是中国历史上一个辉煌的朝代，而武帝时期又是汉朝最辉煌的时期。汉武帝有着非凡的军事政治才能，还十分信奉道教的方士之术，相信这些方术能够让人长生不死。因此根据方士的建议，汉武帝在泰山脚下举行了他登基以来最盛大、最重要的封禅仪式，以求获得天地诸方神灵的支持和助力。

一千年以后的北宋时期，随着天贶殿的建立，泰山的神性得到了进一步提高,甚至堪比皇帝本人的神性。也就是在那个时候,关于泰山神的妻子也住在泰山上的故事开始流传。她的名字叫碧霞元君,是云霓之神的长女。千百年来,泰山神与他的妻子已经变成了所有道教神祇中最受尊崇的两位,供奉他们的神祠,在全中国随处可见。据说,他们会不时地在泰山的登顶之路上现身,也许幸运的游客还可以看见他们。岱庙的后山,就是登顶之路的起点了。

出了天贶殿,我开始上山,与当年皇帝们上山走的是同一条路。走了几百米之后,我来到一处巨大的石坊,从这里开始,上山的路变成了石阶路,而这些石阶早被无数游客踩踏得又平整又光滑了。

再往前走不远,就能看到刻有"第一山"字样的石碑。离石碑不远,又有一座石坊,比先前那个要小一些,上题"孔子登临处"五个大字。孔子故居离泰山七十多公里,他曾多次来泰山祭祀和凭吊,从泰山的静穆苍茫中获取灵感——显然,那不会是在人声喧嚷的主路附近。孟子,这位孔子最著名的再传弟子在他的书中写道:"孔子登东山而小鲁,登泰山而小天下。"山岳开阔了人类的视野。我没有在这里多做停留,离泰山极顶还有五小时的路程呢。

刚过了那个宣布孔子两千五百年前来到泰山的石坊,我就看见了一只香炉,在这里游客可以为他们逝去的亲人焚烧冥币。路两边有小贩在兜售香烛;那些香雾缭绕的神祠,也会拉住游客做生意。我步入这些神祠中的一个,见有人正在里面用稻草和泥巴塑一尊神像。管事的道士说,希望神像很快就能塑好,好赶上游客潮。他说,四月初旅游旺季就来了。

几分钟后,我在另一个神祠前停了下来。这个神祠比较大,而且有名字:斗母宫。斗母是北斗众星的母亲,人们来这里向她祈求延年益寿、人丁兴旺。而泰山作为冥府所在地,作为灵魂轮回转世

孔子登临处

之所,也有很多人为死去的亲人祈求幸福的来世。一边是为死者祈福,一边是为生者祈寿,而斗母宫大门外的一通石碑,上面写得明白:"天欲兴之,谁能废之?此言兴废有数,非人力所能为耳。然吾观兴废之源,实在人而不在数。"每个人都希望获得斗母的庇佑,但我进入斗母宫,却发现斗母不见了,取而代之的是观世音菩萨——佛教的慈悲女神。看来,就连神仙也无法预见更无力阻止自己无常的命运。

我一边沉思,一边继续往上走,在一个岔路口,路标指示通往经石峪。按照路标指示的方向,先过一片松林,再过一条小溪,我来到一块巨石前。在我出生之前一千五百年,有人在巨石上刻下了整部《金刚经》,字体比我的手掌还大。刚才那条小溪,过去是从巨石上流过的,整个石刻的近三千字,已经被它消蚀了三分之二。现在,石刻的上方修起了一道小小的堤坝,总算是把水挡住了。尽管被水销蚀得厉害,我仍然认得出《金刚经》结尾的偈子:"一切有为法,如梦幻泡影。如露亦如电,应作如是观。"我甚至想用这个偈子,去劝慰失意的神仙斗母。

离开经石峪,我又看到了另一块石刻,它上面刻的是"高山流水"。这是三千年前的故事了。"高山"和"流水"是俞伯牙演奏的两首最著名曲子的名字,因为只有钟子期理解他在演奏时的所思所想,于是两人成了"生死之交",在中国,这个词意味着友情的极致。不过,现在我的耳畔既没有"高山"也没有"流水",只有松林里呼呼的风声和我自己粗重的喘气声。

花了两个半小时,我终于到了中天门,这是整个登山之路的中点。跟成百上千的游客一起爬山和自己"走单帮"的感觉是完全不同的,更何况这支游客队伍是如此之长,从上古时代一直走到今天,走了几千年都没有走完,我很高兴今天能成为他们当中的一员。游客们一路上要吃要喝,到了中天门,几十个小吃摊点一字儿排开来招待他们。我在一个摊位坐下,旁边的几位游客正在吃东西,看着吃得挺香,我却不知道他们吃的是什么,于是也要了一份,原来是又热又辣的豆腐脑。真好吃!天寒地冻,口干舌燥,吃完一碗,我又要了一碗,还是觉得好吃。中天门是公路的终点,也有上山缆车。想登顶又爬不动的人可以坐缆车上山,而想打道回府的人则可以坐游览车下山,总之都有车可坐。只是缆车很贵,多数人还是宁愿靠两条腿完成下一半更艰难的路程。

  两碗热豆腐脑下肚,我缓过气来,恢复了作为千年游客一员的幸福感,重新加入了逶迤向前的游客大部队。过了中天门,有一段很长的横排路,接下来是云步桥,再接下来是一段台阶,然后就是五松亭了。公元前219年,中国的第一个皇帝秦始皇在泰山遭遇大雨,于是跑到两棵松树下去避雨,为了表示感谢,这位始皇帝便封两棵松树做了大夫。很诡异的是,这两棵为他人挡雨遮风的松树,自己却遭到了大雨的摧残。在后来的另一场大雨中,它们双双被雨水冲走了。于是人们就在此地补栽了五棵松树,但这五棵树中又有两棵消失了。虽然只剩下三棵松树,亭子仍然叫五松亭。显然,对于防大雨来说,泰山不是个好地方。

  登顶的途中,我在一个摊点边坐下歇了口气,这个摊点是打长命锁的,就是在铜锁上嵌上游客姓名的那种,刻一把锁收费人民币五元。摊主是一名男子,他说只要五分钟就能搞定一把,我请他打一把给我的儿子。在等铜锁的时候,一位八十岁的老大爷从路上经过,因为他在前面见过我,就向我打招呼,气喘吁吁地比划着说:"世上无难事,只要肯登攀。"很快我儿子的长命锁就打好了,于

打长命锁的男子

是我跟在他后面,一步一个脚印地学习起"只要肯登攀"来。

五小时过去了,一座石坊提示我,已经到了孔子崖,这是登顶路上的最后一座石坊了。坐缆车上山的游客,也会在这里下车。这里热闹又拥挤,路上全是卖工艺品和小吃的摊点和小贩。前一天刚下过雪,有人用雪堆起了一尊佛像。我在堆着雪佛像的那家摊点坐下,要了一碗热粥和一些煎馒头片。真有点饿了,跟前面的豆腐脑一样,我吃完一份又要了一份。今天的经历让我由衷地感到高兴,我成为众多游客中的一分子、虔诚朝圣者的一分子,也成了千年历史的一分子——我不再是一个孤独的远行人。

在一千五百多米高的泰山之巅,有向游客兜售小吃和工艺品的摊点,也有散布在山梁上的神祠。其中最主要的是碧霞祠,这里奉祀着泰山神的妻子碧霞元君。我走进碧霞祠的院子,看见一名道士一路小跑进入神殿内,参加一场日常的法事——神殿内有五六个道士,一边敲打钟鼓,一边高声念诵经文。

据说在晴朗的日子,从碧霞祠可以看见黄河。不过游客们更喜欢看的是日出,最好就是在泰山极顶附近找个旅馆住下,第二天赶早去看。但这些旅馆的房间设施实在不怎么样,让我联想起小时候那个放在我家车库里的大纸箱。那时晚上一有流星雨,我就会把它拖到后面的院子里,人躺在箱子里,只把望远镜从两个窟窿里伸出来,苦苦等候天空中的奇观。

我对着碧霞祠白雪皑皑的屋顶拍了一张照片,然后沿着孔子的足迹,从"天上"返回到人间,返回到孔子致力于建立的世俗文明中来。

碧霞祠

/第八章/

曲阜：圣人是怎样炼成的

斜阳向晚，我回到泰山脚下，从火车站取了包，登上了去曲阜的巴士。巴士人满即开，九十分钟后，当最后一抹残阳消失时，我已经在曲阜"孔家宾馆"的房间里了。那里原是孔子后人的住所，"文革"时这些人全部都被轰了出去。尽管他们从此失去了这处房子，但孔圣人的亲属依然占据着这座城市。在五十万曲阜居民中，有十三万人的祖先都可以追溯到这位圣人。

然而，孔子的直系男性后裔孔德成却不在曲阜。1949年，国民党为了彰显他们是中国传统文化的一贯代表，将他带到台湾去了。我第一次听说他的名字，是从台北的中国文化大学哲学系的研究生那里。每个周日的下午，这些研究生都去听孔先生个人开设的儒家经典课程。有一次，我问他我可不可以来听课，孔先生说他怀疑一个外国人能否掌握其先祖学说的精义，比如这样的格言："不可与言而与之言，谓之失言。"

现在我就住在孔德成先生住过的院子里，它成了一家宾馆。这里曾是偌大的一片老式平房，雕梁画栋，曲径通幽，庭院一个挨着一个，甚至可以与北京城的皇宫相媲美，但这都是"文革"前的陈年往事了。尽管如此，我住的房间还是非常之大，使我的床看起来有些孤零零的。这里还是"孔府宴"的举办地，我到的时候正赶上他们开晚宴。完整的宴席包括中国每一个省份的代表菜，共有近一百道菜，必须提前预订。"孔府宴"价格不菲，它可不是为我这样的散客准备的。但我并不觉得受了冷落，我也找到了好吃的，它们是熏豆腐——这在曲阜确实有名，还有香菇笋片、炒青豆苗和大米糕。说到吃，孔圣人自己就说过"食不厌精，脍不厌细"嘛。

公元前551年，孔子诞生在曲阜的郊野，他比佛陀早生了一百年。① 英文"Confucius"是中文"孔夫子"的早期拉丁语拼音。"孔"是姓，"夫子"是敬称，意即"先生"。曲阜也是孔子去世的地方，他七十二年的生命历程，大部分是在这里度过的。

尽管孔子也曾游历周边几个诸侯国，去推销他的"善政"主张，但总的说来，他在有生之年并非名人，出了曲阜城，没多少人知道他。公元前478年，在孔子去世一年后，鲁国的国君在他的故居为他修了个小小的祠堂。两千余年过去了，当年这间小小的祠堂，已然成了中国的第二大殿堂——孔庙。比它略胜一筹的，只有北京的紫禁城。旅游手册上说，孔庙每年的观光客达三百万人次，于是第二天一早，我掐着点，等孔庙大门一开就进去了。真庆幸，那些满载观光客的旅游巴士还没有来。

以孔庙之大，要游览没有导游或旅游手册可不行。幸好，这两样在大门口都有。从前门到后墙，众多的院子和殿堂绵延足有一公里，与紫禁城相差无几。牌坊或月亮门把各个庭院分隔开来，这一点与紫禁城又有所不同。用牌坊或月亮门做分隔的，通常是

---

① 关于释迦牟尼的生年有多种说法，公元前451年只是其中的一种。

——译者注

中国人的花园，但是在曲阜，这一设计被用在了孔庙这个"巨无霸"的身上。

进得大门，要去祭祀活动的中心大成殿，先要穿过几块像公园一样的空地，高高的松柏遮天蔽日，有的树已经有两千年历史了。空地上则立有数十通古老的石碑，记载着历代帝王修葺孔庙的始末。我遇到的第一个主体建筑是三层飞檐的奎文阁，里面有一百多幅描绘孔子生活的画，这些画分为三种，分别为版刻、石刻和彩绘，它们都是明朝时的产物。奎文阁的后面，是一个特别大的院子和若干更宏伟的石碑。过了这个石碑大院，就到杏坛了。当年如果天气好，孔子就会在杏坛讲学。杏坛旁边，一株杏树正在享受两千多年后的又一个春天，它应该是孔子时代那株杏树的后裔吧。

我努力想象着孔子讲学时的情景："学而时习之，不亦说乎？有朋自远方来，不亦乐乎？人不知，而不愠，不亦君子乎？"这是《论语》的开篇段落。《论语》是孔子死后，他的弟子收集整理的他的语录。这些语录首先在他的弟子及再传弟子中流传，直到公元2世纪，郑玄将它们编辑成我们今天看到的样子：一共二十章，相互间没有明显的逻辑顺序，却充满了各种妙语机锋，比如："唯女子与小人为难养也，近之则不孙，远之则怨。"不难看出，孔子是个有幽默感的老师，挺会说笑的。

旅游早班巴士的到来，宣告了我对孔子故居的造访到此结束。孔子的故居从名到实都已彻底地脱胎换骨，它现在的名字叫"孔庙"，不再是日常的居停之所，而是进行祭祀的神圣之地。

接下来我决定去瞻仰孔子的陵墓。孔子墓在曲阜城北约两公里处，现在叫"孔林"。两公里走起来实在有点累，于是我叫了一辆在曲阜大街上拉客的三轮车。几分钟后，我就来到了这座中国最大的人工园林——孔林。孔林占地二百公顷，千百年来，四万棵从中国各地移来的树被种植在这里，品种多达二百余种。孔林里除了孔子墓之外，还有数不清的孔子后人的墓冢。二百公顷这样大的地盘，看起来还远远不够——经常有墓被挖掉，为新的死者腾地方。所有孔子的亲属都有权在孔林安葬，而在曲阜市，孔子的亲属有十三万之多。解决的办法，是允许他的后人暂时安葬在那里，但当后面的新坟用地不够时，老坟就必须迁往他处。

步行了一小段路程，我就从孔林的入口来到了孔子墓前。依照孔子的遗愿，他的墓很简单，就是一个青草覆盖的大土丘，外带一块取自泰山悬崖的石头做的墓碑。瞻仰过孔子墓之后，我又来到他儿子孔鲤和孙子孔伋（子思）的墓前。孔子死后，他的弟子曾子继承了他的衣钵。曾子在《大学》一书中表达了他的教育观，这本书也是继《论语》之后儒家的第二部经典。曾子还教孔子的孙子子思学问，后来子思自己也成了一位卓越的教师。他对祖父教义的阐释，成了儒家的第三部经典《中庸》。我对子思的书大感兴趣，这本书中的话直截了当："道不远人，人之为道而远人，不可以为道。"

在子思墓前，有一对护侍雕像，一文一武，合称"翁仲"。它们代表孔门的两种美德：生在盛世应如何报国，生在乱世又应如何报国。凭吊完毕，我决定步行回市里。在路上，我造访了一座庙，里面奉祀的是孔子最喜爱的学生颜回，孔子经常为他的英年早逝而悲伤。离这座庙几个街区的地方，还有一座庙，里面奉祀的是周公。周公是鲁国开国国君的父亲，孔子把他视为道德典范。

回到宾馆吃过午饭，我租了另一辆三轮车，这次我要去的是城东数公里远的另一座陵墓——少昊墓。少昊是黄帝的后裔，四千五百

子思墓前的雕像

多年以前统治着中国的北方地区。他的墓是一个青草覆盖的简陋土丘。墓前有一个很大的石塔，上面的石块像玻璃一样滑。见几个孩子在塔顶上欢呼着，庆祝他们的成功。我也想爬上去试试，但我费了吃奶的劲儿也没上去，最后只能放弃。

回到宾馆，正赶上晚饭时间，晚饭和前天晚上一样，是熏豆腐配上几样时令蔬菜。在宾馆门前的路上，有小店卖孔府家酒。我想当然地以为，圣人的家族一定会调制高贵精致的酒，因此毫不犹豫地买了一瓶。可是我错了。孔子家的人也许精于他们伟大先祖的"为人之道"，却对"酿酒之道"并不在行。喝了两小杯后，我毅然把瓶子塞上，扔进了宾馆的抽屉里。就让下一个倒霉的房客去品尝它吧。

孔子活着的时候不是什么名人，更不用说圣人了。把他推上圣人位置的，主要是两个人。他们都生活在曲阜的南边，一个叫荀子，一个叫孟子。荀子的故居和陵墓，在曲阜以南一百公里，这对我来说有点远。但孟子的老家邹城，离这里只有二十公里，而且曲阜每隔半小时就有一班车发往那里。我决定第二天就去邹城。

在西方，孟子的名字是"Mencius"。第一个翻译他名字的，是在中国的耶稣会士。比较无厘头的是，据说中国翻译界有一个笑话，一位中国学者翻译外国人的书，却不知道"Mencius"就是孟子，结果译成了"门修斯"。

汽车掠过乡村，田野还荒着，在等待天气变暖。路上我们经过一个森林覆盖的小山坡，孟子的母亲及许多后人葬在这里。他本人的墓要更远一些，在这个小山坡以东十公里处。

在有关孟子的故事中，他的母亲不可不提。她十分关心儿子的教育问题（这种教育既包含学问也包含道德），为了找到一个适合

孟子庙

孟子学习的环境，她三次搬家，最后找到的地方就是邹城。孟母当年选定的地方，现在仍然找得到，那里建了一座奉祀她儿子的大庙。它完全是孔庙的翻版，也是牌坊、拱廊、院子、神殿，等等，只是规模小些。因此，虽然没有英语导游或旅游手册，我也不会迷路。这里很好，没有任何旅游巴士，我实实在在地成了一个孤独的旅人。

在神殿的西边，是另一个建筑群——"孟家宾馆"。像孔家宾馆一样，孟家宾馆原来也是孟子的直系男性后裔及其家庭的住所。只是孔子的后裔到台湾去了，而孟子的一位后人还住在这里，他八十多岁了，住在一个"游人止步"的后院。

孟子主要生活在公元前4世纪，比孔子晚了一百年。他的文章也被编辑成了一本书，以他的名字命名，这就是儒家的第四部经典《孟子》。孟子成为儒家经典著作作者群的第四位也是最后一位成员。与其他三部经典的简明语录体不同，《孟子》读起来要有趣得多。学古代汉语的学生更喜欢《孟子》，因为孟子常常用故事来阐释他的教义。例如下面这个故事，就是孟子在阐释他的人性论。

"牛山的树木曾经很繁茂，但因为它就在大都市的郊外，经常有人持刀斧去砍伐，它还能保持繁茂吗？那山上日夜受雨露滋润的树木，不是没有嫩芽新枝长出来，但随即又有人赶着牛羊去放牧，因此牛山就成了这样光秃秃的了。人们见它光秃秃的，就以为它不曾长过成材的大树，这难道是牛山的本性么？这个道理推及人的身上，人难道没有仁义之心吗？有些人之所以丧失了他的善心，也就像刀斧加于树木一样，天天砍伐，还能保住善心的繁茂吗？尽管他日夜有所滋生的善心，接触了天明时的晨气，而使他的好恶之心同一般人也有了少许的相近，可是他白天的所作所为，又将它搅乱、丧失了。这样反复地搅乱，他夜里滋生的那点善心就不足以保存下来；夜里滋生的善心保存不下来，那他离禽兽就不远了。人们见他像禽兽，就以为他不曾有过善良的天性，这难道是人的实情吗？所以如果得到好好的养护，没有东西不能生长；如果失去养护，没有东西不会消亡。孔子说：'把握着就存在，放弃了就丧失；出去进来没有定时，无人知道它的去向。'大概就是说的人心吧？"

（牛山之木尝美矣，以其郊于大国也，斧斤伐之，可以为美乎？是其日夜之所息，雨露之所润，非无萌蘖之生焉，牛羊又从而牧之，是以若彼濯濯也。人见其濯濯也，以为未尝有材焉，此岂山之性也哉？虽存乎人者，岂无仁义之心哉？其所以放其良心者，亦犹斧斤之于木也，旦旦而伐之，可以为美乎？其日夜之所息，平旦之气，其好恶与人相近也者几希，则其旦昼之所为，有梏亡之矣。梏之反覆，则其夜气不足以存；夜气不足以存，则其违禽兽不远矣。人见其禽兽也，而以为未尝有才焉者，是岂人之情也哉？故苟得其养，无物不长；苟失其养，无物不消。孔子曰：'操则存，舍则亡；出入无时，莫知其乡。'惟心之谓与？"）

每天给我一段《孟子》吧。

在曲阜和邹城一带，还有许多与孔子及其弟子有关的景点。在曲阜这样的城市，游客待的时间往往会比他计划的更长些。抛开历史文化不说，单单只休闲一项，它也是个好地方。但我来这里，可不是来休闲的。从邹城返回曲阜，赶着吃完午饭，我又要出发了。这一次我决定到乡间去走走，地方早就想好了：石门山。它离曲阜只有二十五公里，骑自行车去正合适，正好孔家宾馆就有自行车出租。我骑了近两个小时，终于到了。顾名思义，这山看起来就像一扇石头门，东西两座岩峰对峙，中间隔着窄窄的峡谷。三百年前，著名作家兼隐士孔尚任曾在石门山的东峰住过，现在山上还有他那座小木屋的遗址。在石门山的西峰上，一千多年前的某个夜晚，诗人李白和杜甫曾一同下榻于此，这个遗址同样也还在。这也是我要费力来到这里的原因。

进了景点，我把自行车锁在栏杆上，开始攀登去山顶的石阶。快到山顶的地方有一座庙，石阶路到那里就结束了。不过我还没有走到石阶路的尽头，就拐上了另一条山路。这条路通向一块凸起的岩石和一座亭子，这座亭子正是两位伟大诗人见面的地方。这里风景真好，低头是逶迤的峡谷，抬头是石门山东峰逶迤的山脊，像一幅舒展的画屏。公元745年的一个夏天，两位诗人来到这里。"李杜文章在，光焰万丈长"，他们的光芒超越了所处的时代，是中国三千年诗史上最耀眼的双子星座。我可以想象，他们长久地坐在那里，指点江山，谈兴正浓，从红日西沉到明月中天。当然，酒是要管够的。最后都醉了，在同一张床上和衣睡去。这是他们最后一次见面，尽管其后他们还同时在世十五年。在一首纪念此次历史性会晤的诗中，李白写道："飞蓬各自远，且尽手中杯。"我希望他们干杯的酒，别是孔府家酒。"飞蓬各自远"，诗人不再来，太阳就要落山了，我也该回去了。

/ 第九章 /

开封：穿越到北宋

告别了孔圣人，开封是我的下一站。本来应该坐火车的，但看起来路不远，我就选了长途汽车。事实证明我又犯了大错。三百公里居然走了十二个小时，这还是快车呢。原因是到处都在修路，汽车不能按正常线路走，而司机又不熟悉新的线路。在菏泽城外，碧绿的牡丹田一亩接一亩，一片连一片，算是此行的唯一亮点。菏泽是中国的牡丹之乡，可当时是四月初，离牡丹盛开还有近一个月的时间呢。尽管如此，在无尽的荒凉中能看见这突然冒出的一大片绿色，心情总是会好些的。可惜好景不长，牡丹田很快就过去了。车上人不多，我走到最后一排，躺下睡起觉来。虽然睡不踏实，但眼不见心不烦，总比看窗外的荒凉景象强多了。等到太阳落山，夜幕降临，我才爬了起来，这回车窗外荒凉的景象不见了，路的两边满是汽修铺子和墙上写着"停车住宿"的小饭馆。晚上十点，我总算从一名疲倦的乘客变成了"开封宾馆"的一名房客。

除了在车上吃了点小吃，我一天都没吃饭。幸好，相国寺离开封宾馆只有三个街区，那里的夜市在全中国都是数一数二的。其实夜市并不很大，可是小吃的品种和质量真是太棒了。我吃了两屉至今仍然难以忘怀的小笼包（也可能是蒸饺），喝了两瓶冰啤酒，最后要了两碟冰糖蒸梨作为甜点。十二小时的旅途劳顿，顿时成了遥远的记忆。

第二天早晨我又去了相国寺，小吃摊点全撤没了。中国人喜欢说"跑得了和尚跑不了庙"，跑得了小贩就更跑不了庙了，庙自然是还在的。相国寺历史悠久而辉煌，可以上溯到公元6世纪。但它现在已不是一处宗教场所了。20世纪20年代，和尚们被赶走，不允许再回来，此后它就变成了展览中心兼游乐宫。唯一的佛教遗物，是八角亭中那座巨大的千手千眼观音木刻雕像。观世音菩萨伸出众多手掌，每只手掌上有一只眼睛，每一只眼睛都幽幽地注视着游乐宫里的哈哈镜。

看到这般光景，我觉得很失望。在相国寺待了不到五分钟，我就决定还是去看黄河——黄河离我只有十五公里。我返回宾馆租了一辆自行车，准备"自驾游"，还可以顺路看看其他几个景点。

开封是中国的六朝古都，但是除了北宋，其他王朝都短命。从公元10世纪到12世纪，北宋王朝延续了一百六十七年。那是开封城的黄金年代。那时的开封，是全世界最大、最富庶的城市。在北京的故宫博物院里，有一张跟展厅一样长的名画，描绘了北宋时期开封城某个春天的节日场景①。看看一千年前开封人民的幸福生活吧。在去黄河的路上，我在开封博物馆停了一下，想看看有没有更多可看的东西。博物馆内，除了那幅名画的复制品外，还有一些北宋的日常生活用品，以及当时最著名的两项技术发明：火药和印刷术。即使千年以后，这两项发明依然影响着全世界。

紧挨博物馆的北边，我骑车路过一片湖泊，名叫包公湖。包公是北宋黄金年代开封的一位知府，他铁面无私，断案公正，不畏权

---

① 作者这里说的应是《清明上河图》。——译者注

贵，是中国民间大受欢迎的传奇人物，有许多小说写到他的断案能力。在湖的一端，还有一座纪念这位著名的执法官的亭子。但我去黄河心切，并未停留。

一个小时后，我来到了黄河堤上。这段河堤的作用一是保持黄河的流向，二是防止它淹没开封城。开封城比黄河低了二十五米，也就是说黄河的河床高出了开封城街道二十五米。1952年，毛主席视察开封，称黄河为"悬河"。远远望去，它真的就像一条在田野间蜿蜒的高架水渠。历史上，黄河曾多次决堤，一决堤，黄河周边地区就变成了"黄海"，河南省首当其冲，数百万人曾因此丧生。我站的地方，就是决堤最频繁的"柳园口"。一般来说，四月初的黄河水位是全年最低的，还有几个月才到雨季。由于水少，河心凸现沙洲，有人便在上面放牛。柳园口的河面只有五公里宽，两岸有绵延二十公里的河堤。很难想象洪水能冲垮如此坚实的岩石工程，但是黄河一次又一次地向人们证明，想让它规规矩矩地流向大海并不容易。

开封没有黄河大桥[①]，在柳园口，人员和车辆只能通过轮渡到达对岸。我去黄河的那天上午，乘客稀少，岸边泊着好几条小船。我下去和一位船老大聊了几句，顺利地上了船。几分钟后，我把手伸进水中去探泥沙，能感觉到手指间的沙粒。夏季黄河的泥沙含量接近百分之五十，比世界上其他的河流至少高出五倍。这艘十二马力的小船，把我缓缓地送到河中心，那里有一个沙洲，上面有人在放牛。我请船老大靠上沙洲。下了船，走在黄河的河心，我突然有一种

[①] 作者到达开封的时间是1991年，当时开封没有黄河大桥。2006年11月28日，开封黄河大桥才建成通车。——编者注

怪怪的感觉，说不清也道不明。看罢沙洲，我回到船上，船掉头驶回岸边。

船老大那天还带着他的儿子。那孩子十岁左右，戴着京剧脸谱，紧挨着他的父亲坐在船尾。我问他唱京剧里哪个行当的角色，他没吭声。返回岸边的途中，船老大放慢速度帮了两个男孩，他们正艰难地逆流划船过河。那天放假，他们是想去钓黄河鲤鱼的。黄河鲤鱼是开封的特色菜，做法是把鱼煎熟之后浇上糖醋汁。船老大扔给两个孩子一根绳子，把他们拖在我们后面。两个男孩随后送给船老大一条鲤鱼作为酬谢。

上岸后，我取回自行车，蹬车返回开封。天色尚早，我便循着来时的路往回走。大约走了一半，我决定顺着一条通往北郊的辅

船老大和他戴着京剧脸谱的儿子

路去看看开封有名的"犀牛"。那是一头铁犀牛,蹲在那里已经五百五十多年了。把它放到那里,是为了防止黄河发洪水。理由是,牛性属坤,而坤属土,土可以克水;《周易》上说"坤者,顺也";此外铁生水,铁乃水之母,子不能与母斗;又中国传说有"辟水犀",出入水中,水为之开。总而言之,原因很多。这套学说想来或许有它的道理。当年明朝人把铁"犀牛"放那儿的时候,黄河正从它的面前流过,可打那以后,黄河向北撤退了十公里。我想开封市民一定非常感谢这头"犀牛",不过,这种感谢应该只是发自内心而没有任何实际的表示。因为这头铁"犀牛"看上去是那样地凄凉孤独,被一大片等待种玉米或棉花的农田包围着,连一个看护它的人都没有。

我拍了拍铁"犀牛"的腿,蹬车前往该市的另一个标志性建筑——开封铁塔。这座塔其实并不是铁的,只是塔身通体以琉璃砖贴饰,看起来像铁的一样,因此人们都管它叫铁塔。走近仔细观察,我发现那些看似光滑的琉璃砖的表面,实际上隐藏着各种佛像、传说和天堂景象的花纹图案。看塔人告诉我,图案有五十种之多,多为佛教人物和故事。要把五十种图案看全了,非得有望远镜不可,可那天我忘带了。这座塔是中国最高的琉璃塔建筑,高五十六米,共十三层,建于北宋。建塔的目的是奉祀一件佛顶骨舍利,现在,这件舍利早已转到上海南郊的一座寺庙里了。

在蹬车回到市中心后,我又去了一个地方——龙亭。它坐落在北宋皇宫的遗址之上,龙亭前面有两个湖。按照龙亭公园工作人员的说法,曾经有两位将军住在皇宫外这两个湖的位置,他们家中都藏有令人难以置信的财宝。游牧民族的侵略者终结了这个王朝之后,开封变成了一座鬼城。寻宝者去将军那儿寻找可能遗留的

开封镇河铁牛

东西,他们挖掘宝藏的地方最终被充满了水。这就是这两个湖的来历。①

除了向这个城市的龙族致敬的龙亭之外,这里还有一些偏殿,每一座里面都布置了一套表现北宋时期著名场景的蜡像。其中的一个场景吸引了我。那是一千年前一位犹太商人受到皇帝接见的场景。开封曾经有一个规模很大的犹太社区,它是丝绸贸易的产物。直到三百五十年前,城里还有一座犹太教会堂。但是因为洪水的破坏(显然那尊铁犀牛并非总是恪尽职守)和信众的减少,长老们拆掉了那座建筑,把它卖给了穆斯林。穆斯林用那些部件造了一座清真寺。有人告诉我,当时开封城里仍然住着一百五十名犹太人。

从龙亭出发,我沿着把两个湖划开的堤坝前行。过了湖之后堤坝就变成了中山路。我突然发现自己穿越了,回到了北宋,街两侧的建筑经过翻修,看起来真像一千年前的样子。而我的肚子也正好在这时向我提出了抗议,实际上我已经一天都没吃饭了。既然到了这儿,我决定在街上找一家北宋风味的餐馆。樊楼还是算了,虽然它是开封最有名的饭店,供应和北宋年间一样的皇家宴席,但是我的钱包会抗议的,再说我的胃口也没那么大,吃不了一桌皇家宴席。我发现樊楼的对面是稻香居,它的锅贴也很有名。厨师跟我说,锅贴和普通饺子的区别,就是锅贴大些,肉多些。不管实际上是不是这么回事,反正我在稻香居用锅贴填饱了肚子。

逛罢中山路,向东两个街区,我来到了书店街。那里的建筑也是清一色的北宋风格。在中山路和书店街之间的一条巷子里,我发

---

① 作者提到的这两个湖是潘湖与杨湖,传说杨湖清、潘湖浊,主要与潘仁美陷害杨继业有关。作者的转述不是主流传说。——译者注

开封铁塔

现了过去中国西北来的商人们常去的会馆。六百多年前，一位明朝人建了这所宅子，作为私人府邸。到了清朝，商人们买下了这所宅子。他们利用这里众多的厅堂谈生意、招待客户。会馆的木制品非常精美。我本想多待一会，可看门人说他们要关门了，我只好走人。

  返回宾馆的途中，我逛了最后一个景点——禹王台，它在火车站以东三个街区的一个公园里。在去禹王台的途中，我在一尊孙中山铜像附近看见一群老者在肮脏的空地上玩槌球戏，以前在中国我从未见有人玩这种游戏，便忍不住驻足观看起来。本想多看一会儿，但考虑到公园随时都可能关门，我只能直奔禹王台。它明显不如槌球戏有趣，但还是要看看的。禹王台，顾名思义，是大禹治水时生活过的地方。大禹花大力气终于治住了黄河的洪水，那是大约四千二百年前的事了。大禹的治水方案不是筑堤阻断洪水而是疏浚河道，具有讽刺意味的是，他的方案被他的后人冷落了。

  回去取自行车的时候，我看见公园西边有一座塔从一片屋顶中耸出来，于是决定过去看看。不巧的是，我刚到塔前，看园人就提醒我要关大门了，不过他同意我抓紧时间浏览一圈。这座塔名叫繁塔，建于公元977年，是开封现存最古老的建筑物。与大多数塔的非圆即方不同，它呈六边形，并且在平坦的顶部又立起了一座小舍利塔。像开封铁塔一样，它也以琉璃砖贴面，砖上刻有佛像。塔内的墙上，满满地刻着几部重要佛经，其中包括《金刚经》的最全版本。看园人说，曾经有三位马来西亚僧侣花了一整天的时间在那里背这篇经文。尽管《金刚经》各版本的内容有差异，但结尾是一样的，都是那句："一切有为法，如梦幻泡影。如露亦如电，应作如是观。"

谢过看园人，我骑上车回宾馆，今天的旅程就这样结束了。洗完澡，我累得不想出去吃饭，索性就不吃了。其实我也不太饿，这要感谢稻香居的厨师，他的锅贴真的很强大。我打算第二天再出去一趟，并且走得更远些。我心中的目的地，是南边二十公里外的朱仙镇。它曾经是这一带最著名的一个城镇。一千年前，木版年画就是从这里起源的。

去朱仙镇，多数人会选择坐汽车，而我还是骑车。走五一路，从开封城西南角出去，然后上高速一路向南。花了一个多小时，我终于完成了任务，不过还是借了点儿外力——最后三四公里，我一直挂在一台拖拉机的拖斗挡板上。这要感谢那位仁慈的司机！就在我松开挡板，兴冲冲地进入朱仙镇时，才突然意识到，回开封恐怕就不会这么幸运了，这时很有点后悔当初作出了骑车而不是坐车的决定。不过事已至此，既来之则安之吧。

当地政府不是不知道朱仙镇的旅游潜力——在穿城而过的那条快干涸的河流两岸，他们修建了一系列宋代风格的临街商铺。可是我去的那天，它们全都大门紧闭。有人告诉我，只有节假日这些店才会开门。其实我已经搞明白了，它们就是一些小吃店和售卖廉价小饰品的商铺，没啥可看的。

朱仙镇显然已经被我们的时代所遗忘。除了几间宋代风格的商铺，它给不出什么让别人认为值得一来的东西。不过既然来了，我还是想转转，毕竟还是有几处历史遗迹的，其中之一便是岳飞庙。岳飞是宋朝的一位将军，他在这里击败了游牧民族的入侵者（正是这群入侵者后来把开封变成了废墟）。然而，岳飞的胜利很快化为泡影，他被卖国贼杀害，王朝的军队向南逃过长江，一直逃到杭州。岳飞这位不幸的将军后来就葬在那里。岳飞庙的隔壁还有一座

朱仙镇木版年画制作

庙，过去也供奉着一位将军——红脸黑髯的关公。现在这座庙成了朱仙镇木版年画社的所在地。木版年画兴起的时候，朱仙镇是它的中心，那已是千年往事了，不过现在它的年画仍然远近闻名。我买了一对年画，准备以中国人的方式过新年。随后我打道回府，尽管没有拖拉机，没有卡车，也没有后挡板，但我还是回到了开封。夜市的小吃摊点刚开张，早早地在那里吃了饭，我就回宾馆休息了。

/ 第十章 /

郑州：有龙就有"新天子"

第二天早上醒来，我的腿出了点问题，一碰就痛。我决心戒掉自行车，至少在这趟黄河之旅接下来的行程中是不会再骑了。洗过热水澡，我躺在床上休息，心想不到最后一分钟，我是不会离开这个饭店的——腿痛得我几乎不能动弹。但开封实在没什么可看的了，是到了该走的时候了。

吃罢午饭，我打车到长途汽车站，三十分钟后车开了，往西去河南省的省会郑州。郑州的东南西北四郊都设有长途汽车站，从开封到郑州东郊，不到九十分钟，下了车必须换当地公交去市里。我又累又有伤，实在不想坐公交，就打车来到金水路的"郑州饭店"①，它紧挨着新建的"国际饭店"，但房费只有"国际饭店"的一半。这家饭店建于四十年前，从外观看，像是当年的中苏合营企业。

在房间里安顿好行李，我打开窗户，俯瞰楼下的小花园，里面种满了正在开花的樱桃树。我快速下楼，买来两瓶啤酒、几袋锅

---

① "郑州饭店"即"郑州大酒店"，该饭店不在金水路，作者可能记忆有误。
　　　　　　　　　　　　　　　　　　　　　——译者注

巴，以及一根像热狗一样的腊肠。带着这些，我迈出窗户，来到一米宽的水泥平台上（饭店大楼外沿设有一圈平台），坐下来享受春天。楼下的花园里，三个小女孩在捉迷藏。每次经过樱桃树，花瓣缤纷地落在她们的头发上，她们便像小鸟一般地欢笑起来。当我喝完第二瓶啤酒的时候，落日残霞将花园变成了"光明殿"。终于，看园子的人出现了，女孩们的游戏戛然而止，她们穿上外套背上书包连蹦带跳地回家了，一路上笑声依然不绝。即使是郑州这样晦暗沉闷的城市，依然有春天的脚步声。

郑州这个城市，游客专程来的不多，顺路来的不少。它北有北京，南有武汉，东有上海，西有西安，郑州正好位于一个中点，它宽敞的水泥街道提醒人们，它本身也在中国的一流城市之列。郑州的历史可以上溯到四千年以前，古城遗址离我不远，过几个街区就到，那里还有一个小博物馆，它将是我郑州之行的第一站。

第二天，我安步当车，不久就来到了古城遗址处，但博物馆那天关门了，说是在重新装修。事实上这对我说不上有多大损失，我更感兴趣的，是另一座博物馆，名叫"黄河博物馆"。这座博物馆就在省博物馆对面的一条巷子里，而我在街上转悠了半个小时，才误打误撞地走进了那条巷子。我之所以对这座博物馆如此感兴趣，是因为它是中国唯一一座以黄河为主线的博物馆。它有丰富的黄河资料，其中一些音像展品尤其好。在那儿我遇到了副馆长，他帮我修正了我接下来黄河之旅的行程，还介绍给我几个值得一看的地方，其中包括一个奉祀黄河水神的神庙——嘉应观，俗称庙宫。他自己也没去过，但他告诉我这座神庙在黄河对岸、郑州以北，大约需要一两个小时的车程。这些正是我需要的信息。

走回饭店，在服务处租了辆出租车，但司机说他也没去过嘉应

黄河博物馆

观,结果一过黄河,我们不得不在乡间绕来绕去,多走了好些冤枉路。两小时后,我们终于找到了这座神庙,它就在通往武陟县城的公路边,一个叫二铺营的村子附近,与黄河南岸的邙山遥相呼应。一下车,我和司机都被嘉应观的气势给镇住了。本来这巨大的庙宇建筑群耸立在辽阔空旷的地方就够宏伟了,现在又只有我们两个游客,就更显出了这建筑群的宏伟气势。这里平时少有人来,因此大门紧闭。我们敲了足有五分钟的门,看庙人才出现。他看到我们,一脸惊奇,他说,这是唯一的一次假期有人来参观。

看庙人介绍说,嘉应观建于二百多年前,它在中国的寺庙里,已经是非常年轻的小字辈了。它选址在黄河北岸,我猜想一定是为了让黄河水神高兴,少发洪水祸害中原大地。但是据看庙人的说法,真正的原因,是皇帝的风水师说要出新天子了,换句话说,就是要改朝换代了，而那个"新天子"将在这一带出生。禳解的办法，就是把黄河水神供奉起来。这可把皇帝吓坏了，为了阻止"新天子"出生，他亲自来了这儿四趟。

嘉应观的建筑风貌极佳。它的天花板是精细艺术的杰作，上面雕的龙特别多。听看庙人说，黄河的这一河段，是龙图案的发祥地，他给我看了几张考古遗址的照片，成千上万的贝壳，组成了龙的图案，可以追溯到六千年前。其实，我觉得中国人相信黄河里有龙这事很好理解。黄河流过的地方，曾经发现了海豚的骨骸。古人自然会对着这骨骸生发想象，于是就有了龙。为了表明我与黄河龙的关系和谐吉祥，同时表明我尊重它们内在的神性，我敬完香，又上了钟楼撞了钟。

把想看的都看了，我对看庙人领着我们转悠表示了感谢。车过黄河大桥，我吩咐司机先不忙回郑州，改道西行。我想去看看邙山。邙山矗立在黄河南岸，与嘉应观南北呼应。从青藏高原一路流过来的黄河，到了邙山，开始甩掉峡谷和高山的拘束，变得不老实了。因此洪水灾害大多发生在郑州与开封之间，为此中国人给了黄河一个别称：苦难之河。

在邙山的北坡，有一座奉祀千古治黄第一人禹帝的神祠，但是这座神祠现在变成了一个大型游乐园的一部分，我顿感兴味索然，决定不去了。我让司机把车停在山的东面，那里叫"花园口"。或许是嫌老天爷的水患还不够多，蒋介石在1938年炸毁了这里的黄河堤坝。那时日军正在这一地区挺进，蒋委员长想用洪水阻挡他们的脚步。如果你是个不关心本国人民死活的军事战略家，那么这一想法确实伟大。事实上，蒋委员长的这一伟大举措，唯一的结果是弄丢了一百万国民的生命，弄丢了一千二百万国民的家园。而日本

嘉应观

人却轻易绕过了黄泛区继续挺进，将蒋委员长赶出了中原大地。后来战争结束，国民党重回中原，但蒋介石却依然拒绝堵上堤坝的缺口，原因是那一带有大量同情中国共产党的人。直到1947年，在国际压力下，他才不得不重修了堤坝。因此，从1938年到1947年这段时间，黄河是从山东半岛的南边而不是北边流入大海的。站在花园口重修的堤坝上，我唯有叹息，叹息那人与人之间的残忍。

回到饭店，我又一次来到窗外的水泥平台上，享受着啤酒和锅巴。樱桃树的花枝依然在风中摇曳，徒劳地摇曳。昨天来这里玩耍的小女孩们再也没有出现。美丽是如此的短暂。

/ 第十一章 /

嵩山：盘古的肚子

拜谒了黄河，也拜谒了黄河水神和黄河龙，我又该启程了。我的下一个目的地是嵩山。从地图来看，嵩山似乎并不远。但实际走起来，就不是那么回事了。我要做的第一件事，就是赶长途车。大多数时候在中国坐长途车，你都要看好行李，因为一不小心小偷就会为你减轻负担。就在郑州开往嵩山的汽车上，我那忠实的相机与我不辞而别——我在车上睡觉，醒来发现包被打开了，再往里一看，相机没了。又一部尼康。车到下一站，我老老实实地下来，向当地警方报案。他们信誓旦旦，说一个月内定将擒获小偷，还我相机。要是在前几年，我或许会信，但是现在我知道相机八成是没指望了。

其实真正让我闹心的不是丢了相机这件事，而是离境时需要警方开具的报失证明，因为我入境时这部相机已经报关。而这个证明，不是哪儿丢东西在哪儿开，而是必须到省会城市去开。唉，我只好坐下一班长途车回到郑州，到省公安厅开了证明，然后又买了个相机。我在郑州又住了一晚，还是在郑州饭店窗外的平台上，我喝着啤酒、吃着零食，徒劳地等待樱桃树下小女孩们清脆的笑声。

次日清晨，我再度乘车前往嵩山。这一回，我决定不坐长途车,改坐旅游巴士。我可没敢再睡觉,而是一只眼睛看着窗外的景色,另一只眼睛紧盯着我的包。选择旅游巴士,一是因为它的安全性相对较高,二是它会在中途停车,安排乘客参观新密市的两座汉墓。恰好前一天晚上,我在一本旅行手册上见过它们。

这两座汉墓是1960年发现的,它们都有两千年的历史了。当时,二号墓中的壁画震惊了中国画界。之前没人见过颜色如此鲜艳的壁画。遗憾的是,壁画上的颜料一见天日,马上就变质,因此二号墓又重新封闭了。我们只能参观一号墓。它的墓门以及墓室壁,都以石雕像装饰,因此不易腐坏。幸好我带了手电,要不很多石雕的细节就只能放过了。而重要之处,正在于这些细节。

这座汉墓中的这些石雕,为确定某些传统工艺的产生年代提供了证据。例如豆腐的制作。民间一直传说豆腐是刘安发明的——刘安是汉武帝的叔父,信奉道教,他比新密汉墓的墓主早三百年。而过去正统的研究却认为,豆腐的制作应该起源于宋代。这座汉墓中的石雕就出现了一组制作豆腐的画面,与现代手工制作豆腐的工艺流程几无差异。这可以证明,在刘安死后三百年内,这项著名的发明已经广受重视,有的人死了,在坟墓中还想吃豆腐呢。

按史学家的说法,建造这两座汉墓的人,不过是一个地方官。由此不难推测,向西四十公里、地处嵩山以北的北宋皇陵里的墓葬品该有多么的丰富了。遗憾的是,这个皇家墓葬群不对公众开放。有人告诉我,去参观的人只能在附近闲逛,通往皇陵的道路两旁,有许多巨大的臣僚和神兽的石雕像,可以合个影,仅此而已。此外,北宋皇陵也不通公共汽车,因此我脑海里刚闪过一丝前去一游的念头,旋即又流星般地消失了。

看完汉墓,旅游巴士重新启动,又过了一个多小时,车停在嵩山脚下的中岳庙前。在古代，帝王们登嵩山前，先要驻跸中岳庙，举行祭祀。如同泰山之麓的岱庙一样，作为皇家祭祀的场所，中岳庙也很宏伟。早在三千年前，就有帝王来这里祭祀，但直到一千五百年前的北魏时代，人们才在原先的露天祭祀地建起永久性的庙宇。

中国早期文明的命运，是由巫掌控的。巫制定了一整套的仪式，祭祀山神就是其中重要的一项。巫的作用，取决于他们的通灵能力——他们会通过魔法和咒语与神灵交通。较之市镇，山岳更适合通灵，因为山岳不仅可以避免群体生活的干扰，还便于采集练魔法的草药。

随着中华文明的发展，那些亦巫亦王的早期统治者，会选择某些山岳来赋予它们特别的尊崇。大约在两千年以前，中国人开始用五行的概念来划分各种事物：色分五色，音分五音，爵位分五爵，方位分五方。之后不久，就有了"五岳"的概念。我刚去过的泰山是东岳，而嵩山是中岳。当然，此前嵩山已然是一座名山了，但从那时起，它成了可以享受帝王祭祀的仅有的五座名山之一。

在登封市东郊的中岳庙背后，有一条皇帝登顶的古道。但近千年来，大多数游人都是选择从登封市西出发的登山之路。我们参观完中岳庙，旅游巴士开进登封市中心，把我们放下了。我在附近的一家宾馆住下，安顿了行李。这里本来应该是我今天的最后一个目的地，可我又上了一辆带车斗和篷盖的三轮车，向城西走了大约两公里，我们下了经过嵩山通往洛阳的老高速路，上了一条土路。土路的终点，是嵩山东峰的半山腰。

在到达终点之前，我还要在沿途的几个景点稍做停留。实际上，任何一个像我这样对中国历史感兴趣的人都不会错过嵩山这个好地方。面对嵩山的众多景点，我决定先看看嵩阳书院。这座书院始建于公元5世纪，最初是佛寺，但它最重要的历史角色是儒家学说的讲习中心。公元11世纪，程氏兄弟在此讲学，他们提出了一些基本的教义。他们的学说，就是后来风行一时的理学，嵩阳书院则是它的第一个中心。在过去的几十年里，嵩阳书院已被隔壁的一家师范院校接管，但是里面的多数古建筑，游客还是可以进去参观的。我遍览里面的古建筑，最感兴趣的还是书院大门口的巨型石碑。碑高九米，是中国最大的石碑之一。它是唐玄宗于公元8世纪建造的，比程氏兄弟在此论道的时间要早得多，上面有唐代著名书法家徐浩的手书。这通巨型石碑，令我印象深刻。但更令我印象深刻的，还是大门另一侧的两株柏树。大约在两千一百年前，汉武帝巡幸嵩山时，这两株柏树就已经很老了，于是武帝封它们做了将军，就像美国加利福尼亚州红杉国家公园里的格兰将军树和谢尔曼将军树一样。我没有给它们上香，我也不敢肯定这里是否允许燃香，因为点燃的香太容易引起火灾了。我在此徘徊良久，叹羡良久，才回到三轮车上。

　　离开书院，来到一个岔路口，我先选择了左边的岔道。不久，便到了中国最古老的佛塔——嵩岳寺塔。公元520年，北魏皇帝在他的避暑行宫旁边建造了这座塔。为了积攒"功德"，他后来将整个行宫送给了佛僧，后者把行宫改造成寺庙。如今，这座十五层的古塔不仅还在，而且风采依旧，但是寺庙没了，僧人也没了。因此，我只好继续前行。

　　回到岔路口，我重新选择了右边的岔道，过了一道低岭，就到了另一座庙，它是中国最古老的佛寺——法王寺。如果历史记载可信的话，那么它始建于公元71年。尽管洛阳的白马寺始建于公元

嵩岳寺塔

68年,比它还要早三年,但白马寺起初并不是真正意义上的寺庙,而是居停之所,即接待第一批印度高僧起居的地方。而法王寺从一开始修建,就是一座寺庙。直到今天,它仍然是一个修行和礼佛的场所。它还有一个非凡的荣耀,就是中国最著名的中秋胜地之一。法王寺东边有两座高耸的山峰,巨石嶙峋,对峙如门,谓之"嵩门"。每到中秋之夜,一轮明月缓缓升起,不偏不倚,正处在两峰中间,有如银镜镶嵌在巨大的石门之间。人们从四面八方涌到这里,等待这一奇观的出现。但现在是四月,我也就只能在塔林中闻闻落英缤纷的杏花的芳馨了。

饱吸了几口浓郁的芳馨,我登车上路,继续前行。几分钟后,来到了路的终点——老母洞。这里因为过去供奉着掌管北斗七星的女神而得名,现在则改奉观音菩萨了,称为"观音老母"。在老母洞的一个殿堂里,我看见看庙人正在塑一尊道教神像。显然,他在期待旺季的到来和更多的香火钱。给这位塑像者帮了一会儿忙,我开始沿着老母洞另一边的小路上山,并请司机三小时后来老母洞接我。

经过一处峭壁时,我看见上面刻着一首李白的诗,这是公元8世纪李白某次造访嵩山时所作。继续往前走,就到了老君祠,这里奉祀的是道家始祖老子。里面除了老子塑像,还有中国古代一位著名的旅行家——徐霞客的塑像。没想到我和他会穿越历史,在这里隔代相见,这真让我感到惊喜。徐霞客是我心中的英雄,也是中国旅行爱好者心中的英雄,还是那些游记迷尤其是山岳游记迷心中的英雄。他生活在公元17世纪,身后留下一系列的游记,它们都已成为经典。当年徐霞客游历嵩山,离开老君祠的主路,雇请一位樵夫带路,从一条危险得多的路上山。我叹服于他的勇气,因为主路就已经够危险的了。从老君祠攀上山脊再到主峰的路极其陡峭，我花了一个小时作"之"字形迂回，爬铁梯、攀铁链，才上到山脊。又继续走了半小时，经过几间摇摇欲坠的棚屋，终于到了盘古殿，这里奉祀着中国式的创世纪神——盘古。中国古老的民间传说，认为五岳是盘古的身体变的，其中，变成嵩山的是盘古的肚子。开天辟地的盘古，本身自然也是个顶天立地的巨人。事实上，我刚刚攀上盘古的肚子，现在正站在他的肚脐眼上，搜寻远处与天地相连的一线黄河。如果天气晴朗，据说可以看见北面五十公里开外的黄河，而我只看见茫茫然一片云海。下得山来，我高兴地发现司机正等着我呢。回到登封市的宾馆，我叫司机明早再来接我。

第二天，览胜的旅程又开始了，这回我去的是登封东南十多公里处的告成镇，那里有中国最古老的天文台遗址——周公测景台，它的"日晷"[①]与众不同，非常有特色。人们用这种独特的"日晷"来测量正午太阳的阴影，从而推知季节的变化。最早在这里安装这种"日晷"的人，是儒家尊崇的周公，距今已经三千年了。

这里还有一个观星台，设在周公测景台的北面，公元13世纪，由天文学家郭守敬设计和修建。当时蒙古人几乎统治了整个亚洲，在他们的帮助与授意下，郭守敬建立了二十七个类似的观星台。我去的这一个，是目前硕果仅存的了。通过这二十七个观星台的观察记录，郭守敬确定了一年的长度为365.2425天，这与现代的计算结果仅相差二十六秒。

看中这块宝地的，不仅仅只有周公和郭守敬。告成原为古阳

[①] 这个"日晷"其实是一个圭表。圭表是用来观测日影、确定历法的工具；而日晷只是计时工具，因此此处出现的日晷均用引号标注。——编者注

城,是中国已知的最早的城市之一。四千多年前,大禹就把都城建在这里。我从观星台顶向下俯瞰,可以看见他曾经理讼的地方,就在东边的几百米处。我觉得只要有资金在那里进行发掘,很有希望揭开黄河驯服者大禹的都城——古阳城的秘密。

回到登封,我一边吃午饭,一边考虑下面的行程。在中国,自古就有许多人选择山岳,来度过自己的一生,他们在那里寻求精神本源,中国人称他们为隐士。

中国上古时代最著名的一个隐士叫许由。公元前三百多年的庄子,曾经记载了这样一个故事。四千年前的一天,尧帝要把王位禅让给许由。许由回答说:先生治天下,天下已然大治,现在却要我来替代您。我是为名吗?'名'不过是'实'的附属物,我将去追求这次要的东西吗?鹪鹩在森林中筑巢,不过占用一根树枝;偃鼠到河边饮水,不过喝饱一肚子。您还是回去吧,天下对我没什么用处啊!厨师即使不下厨,祭祀之人也不会越俎代庖的!"(子治天下,天下既已治矣也,而我犹代子,吾将为名乎?名者,实之宾也,吾将为宾乎?鹪鹩巢于深林,不过一枝;偃鼠饮河,不过满腹。归休乎君,予无所用天下为!庖人虽不治庖,尸祝不越樽俎而代之矣。)为了免除这段对话给自己造成潜在的影响,留下后遗症,许由来到一条小溪边,用溪水把自己的耳朵洗干净,就到箕山过与世隔绝的隐居生活去了。箕山就在登封以南二十公里,但当我告诉我的三轮"的士"司机我想去箕山时,他说那里只通手推车,没有公路,当地的农民都用手推车驮运东西。看来我只能到别处去洗耳朵了。最后,嵩山的西峰成了这个"别处"。可是,现在的隐士要隐居,这里已经不再是一个合适的选择之地了。

嵩山西峰不以风景闻名,它的闻名,缘于一座特别的佛寺——

少林寺。少林寺被认为是中国功夫（或称武术）的摇篮，因而广为人知。事实上，气功是所有武术的元基，而道士练气功要比佛僧早得多。过去，不论哪次道士与佛僧比武，武当山的道士都稳胜少林寺的佛僧。但是少林寺的人脉关系更好，而且它距郑州和洛阳这两个主要的人口大城市，都只有几小时的车程。而武当山地方偏僻，周边什么都没有。

坐上我那很靠谱的三轮"的士"，我来到少林寺。如我所料，我一点也不孤单。少林寺吸引了大量的游客。离寺还有一公里，车就不让进了，打车的、坐公交的游客不得不下车。一项马车拉客往返的业务便应运而生了。不过我决定还是步行。去少林寺的道路两旁，站满了兜售纪念品的小贩。我路过一个新建的中式建筑群，少林寺武术培训中心就设在里面。据我所知，这是中国唯一的一所由佛教徒开办的培训中心。虽然嵩山上这样的培训中心多如牛毛，但以前都是私人在办。设立少林寺武术培训中心的目的，是为游客包括外国人提供武术培训课程。这些课程有短至一周的，也有长达几年的——如果你的骨头不经打，一打就折，那你就趁早退学吧。

在大多数人眼里，少林寺不仅是武术的摇篮，还是禅的发祥地。"禅"在现代汉语里是冥思的意思，但它实际上又比冥思的意思要深得多，很难说明白它到底有多深。公元5世纪末，一位叫达摩的印度僧人将禅带到中国，他在海上走了三个月才抵达广州。然后他一直向北走，最后在嵩山定居下来。据说，在嵩山西峰少林寺后面上山的半道上有个石洞，这个来自印度南部的高僧曾在里面面壁九年。

少林寺里的游客人挤人，因此我决定先去达摩洞看看。在路上,我似乎听到了那个蓝眼睛的外国老人夸张的声音。[①]他的弟子斗胆问他什么是心,他回答说:"你问,这就是你的心;我答,这就是我的心。如果我没有心,怎么能回答你?如果你没有心,又怎么能问我?发问的是你的心。你所做的一切,都是你的心,都是你的佛。除了心之外,不会再有第二个佛。你真实的自性就是你的心。"

一个小时过去了,不知不觉中,我来到了达摩祖师曾经待过的古老洞穴。有一个尼姑坐在里面诵经,我站在洞前的平台上,惬意地欣赏周围山谷的风景。一千五百年前,达摩的第一个弟子慧可就站在这里。他是一个毅力非凡的学生。他去面见达摩,请求达摩教他参禅,达摩拒不理睬,继续面壁冥思。但慧可一直站在这里,等候指教。他在这里站了一天一夜,后来下雪了,慧可依然站在这里,达摩也依然拒不理睬。最后,慧可就把自己的一只胳膊砍下来,给达摩看,这个蓝眼睛的外国人才终于答应教他。就这样,慧可成为了禅宗二祖,也是中国的第一个禅宗大师。史学家们就这个故事产生了激烈的争论,尤其是有关慧可断臂一说。他真的是自己断臂的吗?又抑或是被强盗砍断的?或许他天生就只有一只胳膊?谁知道呢。重要的是,慧可是中国第一个能理解单手鼓掌的人。

可是我跟往常一样,听到的只有风声。我沿原路返回,再一次经过少林寺,嘈杂的人群尤其是导游们的扩音器真让我受不了。坐上我的三轮,我回到了登封,然后换上巴士,前往洛阳。

[①] 《旧唐书·僧神秀传疏证》谓:"达摩后称'碧眼胡僧'。"——编者注

达摩洞

/ 第十二章 /

洛阳：翩翩白马自西来

在某些城市，我有时候选择酒店的运气不佳。在这次黄河之旅中，洛阳就是这样的一个例子。许多酒店为了创收都办起了夜总会，我房间的下方不幸就有一个。即使戴上耳塞，依然能听到下面的卡拉OK，都下半夜很晚了，还在那唱个不停，搞得我一夜未眠，最痛苦的是我早上也睡不成，因为我想赶在旅游巴士之前早点到达龙门石窟这个中国最著名的旅游景点之一。于是，在太阳还将升未升的时候，我就昏昏沉沉地冲出酒店，来到门前的大街上，坐上了前往龙门石窟的班车。我猜想那一定是个首班车。

龙门石窟位于洛阳以南十五公里，在伊河西岸，是中国最大的艺术宝库之一。公元5世纪到8世纪，在伊河岸边的悬崖峭壁上，凿刻了数千尊大大小小的佛像。尽管许多佛像被外国博物馆和私人收藏家盗走了，但留下来的一些佛像依旧让人深感震撼。我是七点到的，正逢第一缕阳光从河东边的山上射过来，明亮地打在悬崖上。此时大门开启，景点开始售票了。

历史上，丝绸之路的商队每向前到达一个地方，就会停下来向神灵谢恩，感谢神灵保护他们平安地走过了这段旅程。当他们进入中国境内，停下来的第一站是敦煌。在他们的财力支持下，敦煌留下的佛教艺术，是世界上最伟大的古宗教艺术之一。从敦煌开始，丝绸之路一分为二。一些商队向东走，在大同留下了云冈石窟。大多数商队继续向东南走，前往长安、洛阳。沿路上，他们也留下了类似的艺术宝库，如兰州附近的炳灵寺石窟和天水附近的麦积山石窟。在丝绸之路的尽头——洛阳，他们为中国艺术留下了最伟大的遗产——龙门石窟。

尽管经历了岁月的侵蚀、盗贼和无德收藏家的掠夺，在长达两公里的伊河岸边仍保存着两千多个窟龛，十万余尊佛像。大多数佛像都不太大，许多只有几寸高，还有许多遭受了自然的侵袭和人为的破坏。但那里有一尊即使不是全世界也是全中国最宏伟的石雕佛像，那就是十七米高的卢舍那大佛。大佛在公元7世纪开凿于峭壁之上，佛像位居窟龛中央，现今依然保存完好。大佛的旁边还有两尊菩萨像：观世音菩萨和大势至菩萨，他们负责接引信徒前往极乐世界，另外还有两位尊者的雕像，一位是"多闻第一"的阿难，他凭借博闻强记保证了佛陀教法的传承；另一位是印度禅宗第一代祖师迦叶，他和佛陀之间"拈花微笑"的公案是历史上最美丽的一个谜。清晨阳光明媚，四周静悄悄的，我一个人站在巨大的佛像前，享受着难得的宁静。这一幕令人难忘，要等旅游巴士来了，这里才会有大量游客，而这还需要一个小时。

大多数来看龙门石窟的人，都只在伊河西岸悠游。而我在看完峭壁上的佛像后，穿过桥来到河对岸。这里是一个风景秀美的公园，有中国最伟大的诗人之一白居易的墓，他公元9世纪曾生活于此。不同于当时流行的、只能被文人圈子读懂的阳春白雪的写作风格，白居易为所有人写作，他的诗歌读者包括各色人等：蒙童、农夫、妓女、宫女、僧侣和商人。有些诗甚至被题在了寺庙和客栈的墙上,还有一些抄本被人在市场上贩售。

每个中国人读他的《长恨歌》,都会为唐玄宗的薄命妃子——杨贵妃的惨死而叹息。唉,随着白居易的健康和家财每况愈下,他自己也不得不让他那两个樱桃小口、杨柳细腰的小妾离开了,然后在离他现在的墓不远处的一个小庙里,与青灯古佛相伴了此残生。我在那里凭吊了一阵,随后坐在一张石桌旁,眺望着伊河和龙门石窟的大佛。桌上落满了樱花。据看园人说,这些樱花树是日本人赠送的,他们几乎和中国人一样喜欢白居易的诗。事实上,日本小说《源氏物语》所引用的诗歌,大都是白氏的作品。

我就那样一直坐着,神思着白居易"在天愿作比翼鸟,在地愿为连理枝"的情怀,直到看见河对岸有大量游客涌来,才又过桥回到对岸,沿着一条岔路去看另一座墓。这位不是诗人,而是将军,他就是关羽,多数人习惯称他关公。关羽生于相邻的山西省,那里也是我正打算去的地方。但这里是他的葬身之地,或者至少说,是埋葬他首级的地方。

关羽生活在公元3世纪上半叶,当时中国分裂为三个互相对立的政权,其中一个政权由刘备统治。刘备希望统一中国,匡复汉室。关羽追随刘备打天下,他是一个红脸黑髯、战无不胜的威猛丈夫。在历史小说《三国演义》里,作者浓墨重彩地描写了他的英雄事迹,把他描写成一个义薄云天的人物。当他被孙权擒获并斩首后,曹操感佩于他的忠义,便将他的首级带回洛阳,以诸侯礼安葬于此。

从此,关羽就成了忠义的化身,在中国随处都可以看到奉祀关羽的神龛。他的红脸长髯的塑像被许多看重忠义的士兵、警察、商人、官吏甚至罪犯所供奉。当然,在他首级冢的石碑前,我也凭吊

白居易墓

祭拜了一番。

随后我回到高速路,我的下一站是中国历史上的第一座寺院白马寺。东汉初年,汉明帝曾派遣使团出使西域。公元68年,使团回到洛阳,同行的还有两名印度高僧和一匹驮着佛经的白马。高僧被安置在都城西门外的一处院落,后来那个地方更名为白马寺。古都洛阳后来移址,新建的都城向西移了十公里。所以曾经就在洛阳西城门外的白马寺,今天在洛阳东边十几公里开外了。

车走了不到一小时就到了。我经过那个与第一批僧人一起来到中国的白马的雕像,开始参观白马寺的神殿。白马寺后殿是当年高僧们翻译和编辑第一批佛经的地方,包括翻译《四十二章经》,它是一部早期的佛教教义,向中国人介绍了佛教的基本观念和修行方法。

佛教首次传入中国时,人们都以为它只是道教的另外一种形式,直到大量的经文译成中文,人们才注意到二者明显的差异。两大宗教是并行关系。回到大门附近,那里有把经文带入中国并首次译成中文的两位印度高僧摄摩腾和竺法兰的墓冢。覆盖着墓冢的连翘刚刚开始绽放,同样是翻译的我禁不住为他们上了炷香。

没等香烧完,我就出门来到主路。我还想去另一处景点看看,但并不是旁边那座尼姑庵里高二十四米的齐云塔,我还有其他感兴趣的东西。沿着路向前又走了大概半公里,我穿过高速公路,下了路基,又过了铁道,以期能更好地看到那个位于右侧的平顶小山丘——永宁寺的旧址。永宁寺曾经是中国最大佛塔的所在地,二十四米的齐云塔看起来已经相当高了,但永宁塔有一百三十米高,是它的五倍。永宁寺的建造几乎耗尽了当时的国库,却在建好才二十年的时候,就被一把火烧成了灰烬,那个建它的王朝,也随

白马寺

它一起灰飞烟灭了。而现在呢，连灰烬也消失殆尽。

回到主路，我拦了一辆西行回市区的车，在火车站附近的一个面摊解决了午饭。之后我叫了一辆出租车，这回我要去北边。中国古代有一句谚语："生在苏杭，死葬北邙。"杭州在上海西边，过去一千年中有很大部分时间曾是中国的文化中心，那时候肯定是个居住的好地方。而邙山是条洛阳和黄河之间层峦起伏的山脉。这儿被认为是墓葬的最佳之地。其中风水最好的，当属洛阳以北那些较矮的丘陵，那里叫北邙。除了风水好，它被这么看好还因为它附近的洛阳城从公元前771年的周朝起曾是中国许多辉煌朝代的都城。因为山上的陵墓太多了，因此当年洛阳流行一句话："北邙几无卧牛之地。"整个山上没有别的东西，任何人放眼望去，看见的除了坟墓，还是坟墓，即便不是坟墓的地方，那也曾经是坟墓。就在我去的前几年，市政府的官员们利用这些一眼望不到头的坟墓，在北邙建立了一家中国最独特的博物馆——北邙古墓博物馆。

在过去的几十年里，考古学家一直在发掘洛阳地区的古墓。北邙古墓博物馆所做的，就是用墓葬中原有的材料重建一部分重要的古墓。早期的墓葬，大多数结构和随葬物品都相差无几，但后期的墓葬，尤其是从一千年前的北宋以后的墓葬，就表现出极大的艺术性。特别令人难忘的，是在一个宋墓入口的石门上雕刻了一个女孩子向外张望的脸，就好像她正在偷看人间尘世一样。她似乎在招呼我进去。可我更喜欢这红尘滚滚的人世间，于是回到正在等我的出租车上，再回到洛阳。

洛阳除了它的历史遗迹外，还有其他许多吸引人的地方，其中最重要的，当属那里四月底或五月初盛开的牡丹了。早自唐朝起，洛阳就被称为中国的牡丹之都。但确切的有关洛阳是何时起、又是如何与牡丹扯上关系的,还真说不清楚。也许是因为牡丹在中国最早种植于两千年前的汉朝,而洛阳曾是汉朝的都城之一。所以自然而然地,人们就把洛阳和牡丹联系起来了。过去的两千年中,许多画家都喜欢以牡丹为题作画。牡丹也同样是花匠们的最爱。洛阳一年一度的牡丹节堪称一大盛事,它标志着洛阳旅游高峰的到来。幸亏我提前一个月就到洛阳了,否则肯定找不到酒店,估计连楼下带"夜半歌声"房间也甭想。

除了牡丹,如今的洛阳,更以中国第一拖拉机厂的总部而著名。我想不出还有什么别的,比无处不在的各种用途的私家机动车更能体现中国的现代化之路了。中国的所有公路上,都拥挤着许多的机动车。洛阳第一拖拉机厂就是机动车制造业的龙头企业,它生产著名的东方红拖拉机,为了顺应当前的经济改革,"东方红"已经被涂成了鲜艳的橙色。

我本想去拖拉机厂看看,但最后还是去了乡间一个被几乎所有来洛阳旅游的人忽略的地方。在市北二十五公里处,葬着中国最著名的统治者之一,他的名字叫刘秀。他领导的起义,推翻了篡取汉朝皇位的王莽。之后刘秀重兴汉室,史称汉光武帝,建都洛阳。那是公元25年的事,几乎就在同一时间,洛阳的第一批牡丹花开放了。三十四年后,刘秀去世,葬在都城以北的黄河岸边。尽管黄河频繁泛滥,但它对这位皇帝表现出了极大的敬意,不仅没有伤他的墓一丝一毫,还自己主动向北移了一公里。

我之所以对汉光武帝有着某种偏爱,是因为一个故事。刘秀登上大位后不久,便前往沿海的浙江省邀请他的一位童年伙伴入朝为官。可他的这位朋友对他说,他更愿意以钓鱼来打发日子,说着就把脚搁在光武帝的肚子上睡着了。刘秀的这位朋友名叫严子陵,他那时几乎与皇帝一样闻名，但他是个隐士。中国人喜欢讲这个故事，显然不是为了赞美严子陵，而是为了赞美光武帝刘秀，赞美他的大度。然而，尽管他们可能还在继续赞美刘秀，却不愿意到他的坟头去看看他，至少我去的那天就没有别人。要说完全没有别人也不对，那天除了我和司机，还有一个人，一个小女孩。她在那跑来跑去的，给那些柏树绑上白布条。柏树不是一棵两棵，而是好几百棵。白布条被风吹得飘飘乱舞。她为什么要这样做？是希望风把她的祈祷带去天堂吗？我坐在那儿看着她，正打算走过去问问，我的司机却按响了喇叭。他一定等得不耐烦了，这是催着我回洛阳呢。我只好不辞而别了，唉，怪异又美丽的小女孩，还有这位，伟大的、大度的皇帝。

/ 第十三章 /

三门峡：峡与关——帝国的辉煌

我早早地吃了晚饭，心想这回一定要抢在酒店夜总会的歌声响起之前进入梦乡。嘿，还真睡着了，而且一觉到天亮。接下来继续我与"黄色巨龙"的故事。现在我要溯流而上，前方就是三门峡市了。本来坐火车更合适的，可是中国的火车票实在太难买了，而且还有大量的票是只卖你票不卖你座位的（站票）。我还是坐汽车吧，酒店到长途汽车站只有几个街区。大巴从老高速路出城，逶迤在中国黄土高原的最东端。每年冬天，遮天蔽日的黄土从蒙古高原呼啸而来。

车到中途，我在渑池县下来，拦了一辆当地的出租车。渑池县附近有个地方我想去一下，那就是仰韶村。往北几公里，很快就到了。不知怎的，我对这里的期望那么高。实际上只有两幢小楼，而我是唯一的游客。看园人本来已经睡着了，见有人来，满脸惊讶。我费力来到这里，因为它是中国新石器时代的首个遗址，意义非凡。发现者是瑞典考古学家安特生，时间是20世纪20年代。如今，仰韶俨然成了一种文化，广泛用在中国其他类似的遗址上。

说起仰韶文化，大伙知道，指的是六七千年前黄河及其支流流域大部分地区的人类聚落。仰韶文化属于母系社会。从居住和墓葬来推断，女性在这些聚落中起主导作用。而比它晚两千年的龙山文化，起主导作用的就是男性了。这种改变缘于战争。只要生活的重心是为了养育后代和吃饱肚子，女性就比男性重要。而一旦食物富足，子嗣繁多并成长顺利，男性就开始走向战争。战争不是男性的被迫行为，而是主动行为，是男性荷尔蒙使然。从有战争的那一刻起，男性就开始统治世界。

仰韶村可看的东西不多。据看园人说，安特生发掘的大部分遗存，都在斯德哥尔摩的远东古物博物馆里，而中国考古学者在20世纪50年代第二次发掘的东西，则在郑州和北京的博物馆里。据说这里现在计划建一幢较大的楼，让一些文物回归故里。我的疑问和看园人一样：这么偏僻的地方，谁会来呢？我请他回去继续睡觉，我也离开了。

我到三门峡市时，已经是傍晚时分了。这座城市因黄河上的最后一道峡谷"三门峡"而得名。过了三门峡，黄河在中国北方平原上一路高歌，直奔大海。历史上，三门是指峡谷中高高凸起的三块巨石所形成的狭窄通道，它们被称为人门、神门和鬼门。唯一可以通船的，是靠近北岸的"人门"。"鬼门"和"神门"想开船过去就太危险了。但如今三道门都已被炸得粉碎。炸掉它们，是为了修建黄河历史上的第一座大坝。大坝建于20世纪50年代末。不幸的是，中苏合作的这个设计方案，实在是一场灾难。设计者没有考虑到黄河难以置信的泄沙量（峰值达七百五十公斤/立方米水）。只要想想把七百五十公斤泥沙放到你家浴缸里，你就知道问题有多严重了。20世纪60年代，设计方案又两度做了重大修改。从此大坝能按计划运行，但发电能力大大下降了。

大坝在三门峡市东北二十八公里，通公交，也有游船每天早上从市区旁边的水库出发到那里。在市区住了一晚后,我决定坐船去。坐船游览最令人难忘的,不是大坝也不是水库,而是船员。他们个个都是音乐家,一人开船,其他人则演奏中国民乐,唱中国民歌。他们也会唱几首西方歌曲。那天乘客中有四个澳大利亚人,船员就唱他们所谓的澳大利亚民歌。那首歌起调是"奥布－拉－迪,奥布－拉－达,生活在继续,呀!"一点儿没错,就是这么唱的。

我们的船平稳地向大坝驶去,途中扫过成百上千棵树的树梢。每年农忙季节开始前,大坝都要蓄水。一蓄水树就淹掉了。

一个小时后,我们到了,从旁边的水泥台阶拾级而上,开始一睹大坝的风采。

大坝跨度八百米,高一百米,水泥坝体内有五台发电机组,发电量在夏季达到峰值。夏季上游洪水奔腾而下,水库的水量暴涨,往日平静的水面也变得波涛翻滚。

从坝顶俯瞰,一块孤零零的巨石仍然兀立在河中间。它是那三块巨石仅存的部分。那三块巨石曾使这里成为黄河上最恐怖的河段。如果错过了靠近北岸的"人门",百分之八十会翻船。中国人为什么甘冒如此大的风险呢?这是因为,中国大多数历史时代的首都都在西安一带,而粮食必须从中原运过去,来支撑庞大的朝廷和戍边的军队,运输量的巨大可想而知,想走陆路越过黄河两岸的山脉几无可能,只能走黄河这条水路。所以中国人别无选择,必须想办法通过三门峡。他们的办法很巧妙。先在北岸的峭壁下凿洞,然后把木桩打入洞里,最后在木桩上铺设木板,形成栈道。当年,成百上千的人腰间绑着绳索,一步一个脚印,吃力地在栈道上跋涉,把运粮的驳船拖向上游。就在大坝下的悬崖上,木板栈道的痕迹至今清晰可见。一孔孔的洞眼,一根根的木桩,犹如一个个的象形文字,诠释着中华帝国曾经的辉煌,也诠释着是谁的力量撑起了这片辉煌。

与游船上的音乐家们挥手告别,我的下一站是灵宝县。西行的巴士在县城把我放下,可我这次要看的地方又是在城外。和仰韶村一样,这个地方大多数中国人听说过,但没去过,也不通公交。这个地方就是函谷关。

在中国的上古时代,函谷关是洛阳和长安两都之间的必经之路。按照早期史学家们的说法,谁取了函谷关,谁就取了天下。它的战略重要性始于两千四百年前,甚至一直延续到现代。

函谷关的意义不只在军事上。两千多年前,它立关未久,就迎来了一位重要人物。他就是中国历史上声誉仅次于孔子的伟大思想家、道家学派的创始人老子。老子辞去洛阳的官职,骑着青牛来到这里。几个月前,一名叫尹喜的修行人,感觉到某些征兆,表明有圣人将从东方来,他就争取当上了函谷关的关令。当他看到老子,他知道这就是他等待的圣人,于是向老子请教"道",老子挥毫写下了千古奇书《道德经》。《道德经》尽管只有区区五千言,却一直是道家最重要的经典。每个中国人,无论是否学道信道,都知道它的开篇语——"道可道,非常道"。

老子骑着青牛远去了,但函谷关还在。由于不通公交,我打了一辆出租车。那是一条灵宝县城以北十七公里的粗糙土路。刚下过雨,路上满是车辙。足足走了快一个小时,才终于到了。景点不难找,一过新铺的停车场就是。许多工程正在施工,显然,车辙是工程车留下的,看来当地政府决意要把函谷关打造成观光景点。可是,这里除了建筑工人,目前还只有我一个观光客呢。

函谷关是横贯于一山一河之间的狭长隘道,或者说,是一条在很深的沟谷中蜿蜒的土路。它南起终南山，北止黄河，全长十五公里，呈东西走向，沟壁至少五十米高，一些地方宽仅两米，只能容下一辆牛车。函谷的意思是"隧道状的山谷"，关的意思是"险隘"。由于它十分狭窄，过去只要几个士兵就能把守。我走进去体验了一把。正午的阳光下，里面仍然黑森森的，两侧的黄土峭壁把一切都挡住了，唯一能看见的，就是头顶的一线天。因为没啥可看的，我就退了出来，等待出租车。我预计一旦现在这些工程竣工，这里会有一个展览馆，也许还会有一个向老子和他的"道"焚香祭拜的神殿。我从那通刻着"函谷关"字样的石碑旁走过，不禁惊异于为什么这样一个寻常之地，却被史学家和艺术家赋予那么多的荣光。他们经常把函谷关描写为一座怪石嶙峋、白雪皑皑的雄关，而不只是一条穿越黄土高原的羊肠小道。

满足历史好奇心之后，我又回到灵宝县城，等待下一辆西行的巴士。等不多久，另一趟开往西安的巴士捎上了我。去西安还有两百多公里，我无意走那么远。十五分钟后就在一个老县城下了车。这个老县城叫阌乡，要多小有多小，不过也算是个县城吧。我下车的原因，是看见高速公路长出了一只去黄河的"手"；黄河就在阌乡北面几公里。那天我真走运，不到五分钟就搭上了一辆顺风大卡车，它和我去同一个地方：大禹渡。这个渡口以治黄第一人大禹的名字命名。卡车司机说，渡轮没有运行时间表，但一般两小时左右会有一趟，并说这仍然比绕道下一座桥要快一些。何况河边有一顶帐篷，等船的人可以在那儿喝上杯茶。那天我的确运气好。虽然太阳已经快要落山了，但渡船的船老大想趁天还没黑再赶一个来回。三十分钟不到，我就从黄河南岸到了北岸。有趣的是，我还发现自己"跨省"了，南岸属河南，北岸属山西。

大禹渡

我本来可以继续搭那辆大卡车，到附近的芮城县城，但我还是决定在大禹渡睡一晚。我住进了"大禹宾馆"，从房间可以俯瞰我刚才上岸的地方。这宾馆虽然是平房，但至少有二十四间客房，可以看出老板的胃口很大。不过经理说，我是他这两个星期见到的唯一客人。宾馆客房简朴，有淋浴但没热水。餐厅自然也是没有的。所幸我还有些花生和饼干，而经理又卖给我两瓶啤酒。独自坐在宾馆屋顶的巨大水泥平台上，喝着啤酒，看着太阳落山，黄河远去，虽然大禹宾馆不是鹳雀楼，却也大有"白日依山尽，黄河入海流"的意境。

晚上，枕着黄河东流入海的波涛声，我睡得很香。

/ 第十四章 /

芮城：神仙们的新家

第二天一早，我来到昨天上岸的渡口，一排电动三轮摩托正在等客，等从对岸过来的渡船。我出了十块钱，一辆摩托放弃排队，拉着我到了以北二十公里的芮城。

我请司机穿过实在不怎么样的芮城县城，在城北的永乐宫把我放下。永乐宫是全中国最著名的道观之一，可我却未见到一个道士。它原来就在大禹宾馆的下方，因为建三门峡大坝，原址已经被水淹没了。当时，文物工作者小心翼翼地把画满壁画的墙体切割成一小块一小块的，在20世纪60年代初运到芮城，重新拼装成完整的墙体和壁画。"文革"时红卫兵破坏了成千上万的宗教场所，但这里却被政府费大气力保了下来，原因就在于那些世界上最古老、最精美的道教壁画。这些壁画绘于14世纪早期，那时，元朝的皇帝正在大都的那座逍遥宫里，统治着他的中央汗国。

在入口处，我要了十块钱的导游服务，然后在主殿里见到了这位导游。当时，她正拉着奇妙的道士腔调唱歌，真是余音绕梁啊。这只是我的想象，也没准她唱的是一首流行的爱情歌曲呢。我希望她继续唱下去，她却带我参观起壁画来。

在主殿的墙上，不知道是哪位神仙画的，三百位天上的神仙正

永乐宫

在朝拜元始天尊。正如宣传的那样，这些壁画真的是美。第二殿的壁画还是一样的美，绘的是10世纪的道教祖师吕洞宾的传奇故事。他是八仙之首，此前我在沿海小城蓬莱见过他们八位。第三殿也不逊色，绘的是12世纪的道教祖师王重阳。他是道教主要宗派全真教的创始人，也是中国历史上最著名的道士之一。我兴奋地边走边看，它们是全中国最好的道教壁画，而我是那天唯一的游客。

　　永乐宫不仅道教神仙壁画有名，它的建筑也有名。它是整个中国道观建筑最古老的实例。建筑学界对它很熟悉。它的大殿屋顶的曲线既高古宏伟又简约流畅，屋脊上镶着黄、绿、蓝三色琉璃。向上微翘的飞檐，两只高达三米多的大鸱吻仰望天空，整体像一条腾空飞升的巨龙。看完壁画和建筑，我意犹未尽，又走进一间偏殿。那里展出一些照片和其他资料，记录了20世纪60年代壁画和建筑的切分、搬运、复原的全过程。整个工程耗时七年，终于避免了因水位上涨而给这些重要文物带来的灭顶之灾。今天，这座重修的道观看起来跟原来的一模一样，完美无缺。

旁边还有一个较小的祠堂，里面是吕洞宾与他的两名侍者的塑像。吕洞宾出生在芮城，这是永乐宫迁建选址时首先考虑芮城的原因。吕洞宾科考落第后，遇见了一位道教神仙，后者将长生不死之法传授给他。在长安以南的终南山中修炼之后，他返回故乡，最终在芮城以北二十公里的九峰山得道成仙，长生不死。实际上，现在的这些神仙塑像，是在永乐宫迁建后，从九峰山的一座道观中搬来的。

临走前，我来到永乐宫另一侧的吕洞宾墓（神仙还是死了？），驻足凭吊。而后，凝视着墓后方巍巍的中条山脉，心想哪一座山才是吕祖与其他七位神仙会合的九峰山呢。中条山脉犹如一堵未经粉刷的墙，而且锯齿般参差不齐。我的下一步就是"翻墙"，墙那边另有风景。那天就我一个游客，因此永乐宫大门外没有等客的出租车或摩托。我只得步行回到横贯芮城县城的高速路上，等候下一辆巴士。问一位水果小贩，这里有没有巴士开往中条山那边。他说大约一小时一班。果不其然，不到一个小时，我就上了车。巴士翻过中条山光秃秃的山肩，那边就是汾河平原了。

车子下山驶向平原的时候，我看到了远处庞大的解池（运城盐湖）的轮廓。四千七百年前，就在这一带，黄帝打败了苗族部落联盟的首领，控制了解池。这一战，是中国历史上意义最为深远的一战。盐是最重要的一类物资，是新石器时代的聚落向早期城镇转型的原动力。有了盐，就可以腌制并保存食物。这样一来，人们就可以在固定的地方过冬而不必迁徙，还可以组建军队离家征战，距离可以很远，时间可以很久。解池是黄河中下游流域唯一的产盐重地。胜利者黄帝控制了那里的盐，才使得汉人成为中国北方乃至整个中国的决定性族群。考古学家认为，在解池岸边发现的盐场，是世界上最古老的盐场，有六千多年的历史。

车下到平原之后，我们距离解州镇就只有四公里了。我之所以"翻墙"而来，意在解州镇，而非解池。解州是战神关羽的故乡。在洛阳关帝庙中，我见过关羽的塑像。我还在他的首级墓前燃过一炷香。因为他的忠义和英雄气，他在死后赢得了"关帝"的美名。实际上，他不仅是"忠"和"义"的化身，也是"勇"和"武"的化身，是名副其实的战神（中国人叫武圣）。在中国，到处可以看到红脸长髯的关帝像，关帝庙的数量也许超过了其他庙宇的总和。解州是关帝故里，我想来看看他的童年伙伴和邻居的后人是怎样纪念他的。巴士司机把我放到一个最近的路口，给我指了路，然后继续驶向烟囱林立的临汾。

中国成百上千的关帝庙中，据说解州这座是最大最好的。从巴士下来五分钟，我就进了它的大门。中国人诚不我欺，这绝对是中国最大最好的关帝庙。它始建于关帝去世后约四百年的隋朝。此后在历代帝王的财力和人力支持下，又经过多次重建。因此它拥有一流的建筑和工艺，在某些方面，甚至独步天下。

不幸，也没准更幸运的是，关帝庙建在一个偏僻的地方。看庙人说，这里除了当地想躲开别人视线的情侣外，几乎没有人光顾。事实上，在我造访的时候，唯一的另外两位游客，正是一对手拉手走过花园的情侣。看庙人清闲，就带我四处转。他先带我去看一座塔。关帝年轻时急公好义，爱打抱不平。有一次，他杀死了一个坏人，不巧此人与县令是一党。县令传令，要将关羽及其亲族都处

解州关帝庙

死。看庙人说，因为这事，关羽的亲族都逃走了。所以直到今天，解州都没有姓关的。但是关羽的父母年纪大了，无力逃走，便双双跳井而亡。为纪念他们，在井上建了这座塔；而为纪念他们的儿子，则在塔周围建了这座庙。

塔后面是一个大花园，种满各种观赏性的植物花草。花园那边是一座神殿，收藏有我在中国看到的最精美的木雕作品。神殿的后面是一座更宏伟的大殿，那真是一个建筑杰作。屋顶两边的飞檐凌驾于那些巨柏之上，而巨柏又护卫着大殿入口。两边的飞檐像极了一只飞翔鸟的双翅。这令我想起了《庄子》寓言的开篇："北冥有鱼，其名为鲲。鲲之大，不知其几千里也。化而为鸟，其名为鹏。鹏之背，不知其几千里也。怒而飞，其翼若垂天之云。"这座大殿的屋顶，我感觉随时会化为一只真正的大鸟消失在天际，抛下那些站立了近两千年的长松巨柏——那是在关帝死后不久，人们为纪念他种下的。总而言之，依我看，有这样一座大庙来纪念他，我们的战神一定会高兴的。

在洛阳时，我在安葬关羽头颅的土丘前，已经燃了一炷香。在这里我要再燃一炷。毕竟，关帝不仅是战神，他一定也是以诚实、忠诚和公正为价值观的那些职业的守护神。这当中也包括作家。未等香燃完，我谢过看庙人，回到主路等候下一班巴士。我要折回黄河岸边去。

几分钟后，我竟然招停了一辆开往西安的巴士。真是太棒了！这意味着我无需折回芮城县城，可以从中条山的西麓绕过去了。走了一小时，车过首阳县。首阳最初是县城外一座小山的名字，后来城以山名。三千多年前，小山上来了一对隐士兄弟，名叫伯夷和叔齐。他们认为以周代商是不义之举，因此拒绝吃周朝的粮食，渴了喝鹿奶，饿了采野蕨。但是，"干净"的食物并不是什么时候都有的，最后两人双双饿死在首阳山中。历史学家说，直到明朝，伯夷叔齐的墓前还有一座神祠，以及一只母鹿的塑像。如果时间富余，我会停一下，去看看到底有没有这些东西。但是，我还得赶路，希望能在更远的城市过夜，只好放弃首阳山，任它缓缓地滑出我的视野。

又过了几分钟，车子上了黄河大桥。在这里，黄河从北来，突然向东拐去。

这里是黄河诸多弯道中最著名的一个，它的名字叫风陵渡。在中国古代，它也是黄河诸多渡口中最著名的一个。

我又一次发现，我跨的不是桥，我跨的是省！千真万确，我又跨省了，从山西"跨回"陕西。而对于普通美国人来说，他们不会有跨省的感觉，这不仅因为美国不是中国，还因为他们（也包括我）分辨不出山西和陕西在发音上有任何区别。这时候公路向西拐，通往西安。前面就是中国古代著名的军事要塞潼关了。和永乐宫一样，因为三门峡大坝，潼关也迁到了更高的地方。现在的潼关在峭壁上，它一边俯瞰黄河，一边仍然扼守着这条去长安的千年古道。

　　太阳正向峭壁上落去。在潼关我又想下车，但又一次忍住了。今天多走一点，明天就省事一点。又过了一个小时，到了渭南。汉语的意思就是渭河之南。渭河是黄河的最大支流，它在潼关以北流入黄河。在看到貌似是渭南城里最高的一幢楼时，我终于下车了。这幢楼果然是宾馆，有五层高，不过感觉还是比解州的关帝庙小。大小不重要，重要的是，它不会变成鸟飞走。这一点很好，稳定压倒一切。它稳定，我才睡得踏实。

/ 第十五章 /

韩城：大人物的"终审判决书"

　　第二天一大早，我就从宾馆出发，一路走街串巷来到渭南汽车站，搭上一辆北行的巴士，前往渭南市东北一百公里的韩城。车驶出渭南跨过渭河，我透过车窗向东方望去，红太阳正在冉冉升起。从这里往东七十公里，就是渭河流入黄河的地方。在古代，那里每年都有一名少女坐在草垫上，放入河中被水冲走。她是统治者献给河伯的祭品。我始终不理解他们为什么要那样做，在所有的生物中，为什么只有人类才那样残忍地对待同类？我找不到答案，我想任何人也找不到答案。

　　两个小时以后，我在距韩城南十公里处下车，准备走到黄河去。右边有一条铺过的下坡路。我走到一半，停下来向一位农民问路。我只是想确认一下，这条路是否像巴士司机说的那样通向黄河。谁知这位农民放下锄头，坚持要帮我带路。我们走到一座小山脚下，路的终点是一个停车场，从那里可以看到黄河。接下来的一小时，农民带我去看了司马迁祠。

　　司马迁是中国最伟大的史学家。他公元前145年生于韩城，后来随父亲去了长安，成了汉武帝的一名扈从。他喜欢云游天下，走遍了大汉帝国的山水名胜。在父亲死后，司马迁接替父亲出任"太史令",得以接触当时几乎所有的历史典籍。在接下来的几十年里,他完成了父亲开创的一项事业——编纂中国第一部纪传体通史。

司马迁于公元前85年去世①,就葬在这座俯瞰黄河的小山上。他留下的那部纪传体通史,是一部有一百三十篇、五十多万字的皇皇巨著,我们今天称这部书为《史记》。《史记》详细记载了各类正反历史人物的生平,还加上了作者自己的评赞。它甫一问世,就成为中国人臧否历史的主要渠道。千百年来,这部书越来越受到推崇,作者墓前的瞻仰者也越来越多。因此,早在公元4世纪,这里就建起司马迁的祠堂了。农民带我穿过一座千年前宋代建的牌坊,沿着石阶步上山冈,向司马迁祠走去。我们先路过一座奉祀司马迁父亲的小祠堂。他是这部鸿篇巨制的开篇者,而他的儿子则为它画上了完美的句号。

在司马迁祠的后面,农民指给我看这位伟大史学家不大的石砌陵冢。在陵冢的圆形宝顶上,一株从砖石中长出的古老柏树,依旧蟠枝虬干,繁茂老劲。在千余载的历史风烟中,它是陪伴长眠于此的史学家的唯一伙伴。陵冢东面一公里便是黄河,从平台纵目远眺,风光尽收眼底。司马迁的记载之所以一直被奉为信史,原因之一是他曾云游全国各地,对所收集的资料进行过实地验证。在中国古代,交通以水路为主。他是顺着黄河进入中国的中原腹地的。在中原一带,我而今造访的许多古老的历史遗迹,当年司马迁也造访过。如果他活在今天,我想他会和我一样坐巴士出游。两位寻幽访古人,也许会有缘万里,相会在旅途。

父亲的前期工作为司马迁开创了有利条件,尽管如此,他编纂

---

① 司马迁的卒年不详,至今尚有争论,此为一说。——编者注

司马迁祠

《史记》的过程也并非一帆风顺。一天，巨大的厄运降临了。一位远征的将军力战而败，投降了匈奴人。汉武帝坚持认为此人背叛国家，而司马迁则"不识时务地"提出了不同意见。于是，武帝下令将他投入监狱，并处以宫刑。武帝以为这样司马迁就会屈服，开口认错。但尽管这样的日子非常难熬，司马迁也许并没有开口认错或者说些别的什么，他只是写下了"最后的话"——一部对历史人物作出"终审判决"的不朽巨著。

瞻仰罢司马迁墓，农民带我走下石阶，来到山冈下的一个小店。长条形的玻璃柜里，有一件黄河龙门峡（在韩城北面）的拓片。黄河之旅伊始，我就一直在寻找这类东西。向老板娘询价，她说中国人买二十元，外国人买五十元。我被惊了一下，不明白为什么我这个老外就该多掏钱。于是我问农民能不能帮我买。可是老板娘却不肯将拓片卖给农民，双方僵持了至少有十分钟。

此时，老板娘和我都见识了这位农民的恒心和真诚。他坚持说是他想买这个拓片来作为礼物送给我。最后，老板娘通融了。这位农民果然实诚，把东西给我时坚决不肯收钱。就这样，这个拓片成了我这次黄河之旅收到的最珍贵的礼物。

司马迁墓在一条小山脊的东北角。如果有时间，我本可以去看看同一山脊东南角的另一处遗迹。那是公元前352年魏国为了抵御秦国北侵而修建的长城。这长城由夯土建造，向西绵延近二十公里，有好几座烽火台。据我的农民向导说，司马迁墓附近的那段长城是保存最好的，有些地方城墙有八米厚，五米高。当年成千上万的军卒战死于长城两侧。我想，这秦魏鏖战的古战场，一定埋藏着许多宝贝，比如损毁和丢弃的兵器。我最后还是决定不去看了，向农民道别，谢过他的帮助和这么漂亮的礼物，回到高速路，上了去韩城的一辆巴士。

与放过魏长城不一样，我从未打算放过魏国的古都韩城。它现在有个别称叫"小北京"，这并非因为这座小城政治上有多么重要，而是因为它的建筑特色。韩城有许多窄窄的巷子，这些巷子里有许多四合院，与北京胡同里的四合院颇为相似。当地官员说，韩城现在还有一千多座四合院，可以让导游带我去看其中的任何一座。

我还是去看孔庙内的韩城博物馆吧。因为就算有导游陪着，我也不太喜欢闯入别人家里。我一打听就知道，孔庙这座本市最古老的建筑在老城中轴线附近。这条街禁行机动车。公交车在掉头进总站之前，让我和其他乘客全部下车。一下车正好就是这条街的起点。

黄河龙门峡的拓片

街上满是步行者，走到尽头，是一座鸟瞰市区的小山，山上有烈士陵园。不过我没走那么远，走到差不多一半，向右拐进了一条小巷。巷子进去二百米，就是孔庙的大门口。这座孔庙是我见过的保存最好的孔庙之一，大多数建筑可以追溯到14世纪。不巧的是，正赶上午饭时间，得等拿钥匙的看庙人回来。好在那里有个长满草的花园，我就躺在草地上打起了盹儿。

我有午睡的习惯，在家的时候，每天中午必小睡一觉，因此毫不费力就睡着了。一个小时后醒来，发现还是只有我一个人在那里。于是起来四处转悠，从每间屋子的窗户朝里看。但是玻璃上灰尘太多，里面什么也看不见。大约三点钟，博物馆三名值班员中的一人回来了，拿着她的钥匙。我只能凑合看看六间展厅中的两间，因为另外两名值班员拿着其他房间的钥匙，他们吃过午饭就再也没有回来。

我参观的那两个展厅，有好几十尊佛像，一尊十分精美的大理石孔子像，几截老城墙，一个硕大的象牙，还有五万年前人类居住的遗迹，以及一尊铁鹿。但是最漂亮的一件展品，是一个巨大的胡桃木根雕，雕刻的是黄河，包括龙门峡、小船、湍急河水的旋涡，少不了还有一条龙，刀工极佳，是真正的杰作。值班员说它是中国此类根雕中最大的一个，而且是八百年前元朝的作品。

韩城并非没有其他可看的地方，但是这个精美胡桃木根雕上的黄河水，激起了我强烈的心灵感应，我决定尽快回到黄河岸边去。于是走回主路，上了下一辆北行的巴士。一个小时后车到黄河大桥，我未过桥，在桥头下了车。

这座黄河大桥所在的地方叫龙门，正是那位农民赠我的拓片所描绘之地。从公路上下来，沿着岸堤走近黄河，现在我已经到了陕西省的顶边儿上了。黄河对岸就是山西省。我听不出中国人说这两个省份时发音的区别，更不用说我自己发音了。但是黄河一定知道它们的区别。黄河自北奔腾到此，山西省在它的左侧，是太阳升起的东方；陕西省在它的右侧，是太阳落下的西方。那条"黄色巨龙"将广袤的黄土地一劈两半，一边一省。这一"劈"劈出来一道峡谷，两岸峭壁间的跨度不足四百米，因此称作"龙门"。

这里被称作"龙门"还有另一个原因。每年三月，数百万条鲤鱼从这个峡谷游过，到上游产卵。这么多鲤鱼成群结队，乍看起来，就好似一条条小龙在水里游动。中国民间历来有"鲤鱼跳龙门"的说法。据说鲤鱼一旦成功通过龙门，就会从鱼变成龙。这一说法在古代中国常常用来形容科考及第，而在现代中国则常常用来形容一夜暴富。它的源头是《太平广记》的一段记载："龙门山，在河东界，每年岁春，有黄鲤鱼，自海及诸川，争来赴之，一岁中，登龙门者不过七十二，初登龙门，即由云雨随之，天火自后烧其尾，乃化为龙矣。"

龙门又叫禹门。传说这里是大禹治水工程的起点，整个工程一直延伸到郑州。在那里黄河最终甩脱邙山山脉的拘束，在中原黄泛区一泻千里。大禹生活在四千多年前，人们为了纪念他治水的功德，两千年（甚至更早）以来在龙门峡两岸修建了数座大禹庙。不幸的是，这些庙在第二次世界大战中被日军炸毁了，以后再未重修。此时此刻，我正坐在黄河岸边去年冲积的淤泥上，寻找着"龙"游过的迹象。可是，一年一度的鲤鱼大迁徙已经过去一个月了。我看到的只有尘埃云，工人们正在炸开峡谷的峭壁，寻找铝矿。

过去的龙门，游客只能坐小划子或机帆船渡河，现在则建起了黄河大桥。几个小男孩正在河边钓鱼，也许他们钓的正是龙门鲤鱼

龙门

吧。看了一会儿钓鱼，我走过大桥，来到对岸一个小亭子里。这个亭子，是大禹庙目前仅存的劫后遗珍。大禹的父亲用"堵"的办法治水，由于未能阻止黄河的泛滥而被帝王处死。子承父业之后，大禹取得了成功。他从来不用堤坝堵水，而是疏浚河道。具有讽刺意味的是，他的后裔已然忘记了他的经验。他们不仅修建高高的堤坝，而且在黄河和长江上修筑超级大坝来防洪和发电。中国有句话叫"以史为鉴"，很显然，他们不再阅读本民族的历史书。否则早该知道，他们的所作所为，迟早要遭受与大禹父亲同样的失败。"疏"而不是"堵"，是大禹治水的全部秘诀。

我打量着这个亭子，特别是它的一通石碑，上面雕刻着黄河流过龙门时的涡流。这幅雕刻图案与那位农民送给我的拓片并不相同。我拍了几张照片，以供日后研究。就在这时，负责大桥安全的官员向我走过来。我心想,糟了,这里又是禁区!好在这位官员很友善。听说我是在一路溯流而上寻找黄河的源头,他了解清楚之后,帮我招停了一辆过路卡车。于是我就朝着下一个目标进发了。

走了二十公里,车到河津县,卡车司机把我放下。夕阳西下,我招手拦下一辆电动三轮摩托,请司机带我到县城最好的宾馆。谁知他调转车头,向我刚才来的路上一阵狂奔。我要他停下,他却叫我别担心。我们跑了足足有一半的回头路,最后,他从一个很大的铝厂处拐上了另一条路。我心里直打鼓,心想他一定误解了我的意思,可又一点办法都没有。摩托车过了铝厂,我才松了一口气;开到几幢大楼前,我又松了一口气,因为其中的一幢楼正是宾馆。不过,我还是不知道为什么司机要把我拉到这里而不是河津县城的宾馆。我向他道别,走进宾馆大堂,马上就明白了,原来这是这一带唯一的一家涉外宾馆。它的房费并不贵,每晚只要四十元。入住的那个点刚好赶上还可以洗热水澡,我甚至还洗了衣服。然后来到大堂,在宾馆的餐厅吃了晚饭。在那里遇见三位丹麦工程师,他们是在铝厂工作的外国专家。我发现他们和我一样爱喝啤酒,就跟着去了他们的房间。一边听他们讲乘海盗船航行的故事,一边和他们一起如长鲸吸水般喝完了他们私人存储的一箱啤酒。他们说海盗船造得很奇特,遇到风浪是蜿蜒前行,而不是顶风破浪。其中的一位工程师是丹麦一家老式木船俱乐部的成员,他说每年夏天他都会乘坐这样的木船航行。第二箱啤酒喝到一半,我发现自己已喝到极限,于是向主人告辞,感谢他们提供了这样一次意外而又快乐的聚会。

第二天早晨,我发觉自己的身体并不像一艘灵活的海盗船,倒是像一艘装满垃圾的笨重驳船。还好这回我不需要上高速路拦巴士了,宾馆的一位员工正好要开车去河津县城,就将我捎到了县城汽车站。考虑到大禹建都的地点离此不远，现在河津的这个小县城的确是有点寒碜。当然，四千二百年的漫长历史可以改变许多东西，而且确实改变了许多东西。离下一班北行的巴士发车还有一个小时，我决定去河津县博物馆看看。可是去了一看，博物馆不仅大门紧闭，工人们还正在拆除它。我回到汽车站，巴士准点发车北去。

我又回到山西省——汾河与黄河交汇口以北。渭河和汾河是黄河最重要的两条支流。我此前在渭南横跨了渭河，它流经周朝的中心地带，在周朝，中华文明第一次叩开了历史的大门。周以前还有商和夏，再往前还有三皇五帝。在中华文明更早的阶段，中国人就在汾河沿岸建立了永久性的都城。

车过侯马市，开始沿着汾河上游行驶。一直沿着汾河走了两小时，才到达临汾。郑州负责黄河监测的人曾对我说，汾河是中国污染最严重的河流之一，而临汾就是污染源头。在临汾市地图的下部，列出的不是当地的历史文化名胜，而是它的工厂和工业产品。

大多数游客不看临汾，理由充分，但是这里却有一个景点是我想看的。到临汾后我把包存在汽车站，打了一辆出租车。我要去的是尧庙。尧约在四千三百年前统治着中国的北方地区。他是中国上古时代五帝中的一位，继承他王位的舜，是五帝中的另一位。舜后来又将王位传给禹——成功治理黄河的那位圣王。

临汾是尧的都城。我想看的尧庙，在临汾市钟楼以南三公里，包括两座摇摇欲坠的大殿，其中一座可以追溯到一千三百年前的唐朝。尧庙的游客如此之少，甚至连看庙人都没有。也许有吧，又是吃午饭去了？虽然主殿上了锁，从外面我还是可以看到一尊尧的塑像。他坐在王座上，正与他的四位名臣讨论邦国大事，其中的一位就是禾覃。

禾覃曾经周游天下，观察日升日落、昼夜变化，以及天体随观察地点而变化的规律。他由此计算出一年有366天，奠定了中国第一部历法的基础。这一历法每四十年有一个闰月，用来补偿实际太阳年的偏差。在早期农业社会，天象观察非常之重要。根据《尚书》的《尧典》，尧传位给舜时，对舜说的核心意思是："噢，舜，观察星辰和季节的责任就交给你了。"而据说舜传位给大禹时，对禹说的也是这番话。看庙人（如果有的话）始终没有回来打开主殿大门。看来今天只能这样了。拉我来的出租车又把我拉回临汾。在长途汽车站附近，找了家便宜旅馆。不比昨晚，今晚我早早地一头栽进了甜梦中。

/ 第十六章 /

延安:从"七百匹马"到"东方红"

我选择住在长途汽车站附近,是想赶清晨六点开往延安的那班巴士。它从临汾一路奔西,因此我得随它再过一次黄河。这巴士每天只有一班,过了这村就没这店了。我的"远见"是对的,我不仅赶上了车,还抢到了一个座位。

巴士先是向南行驶,天蒙蒙亮便向西拐进了吕梁山脉,穿过一片寸草不生的煤矿区,然后在盘山公路上逶迤而行。一株开满花朵的樱桃树猛然间映入我的眼帘,接着是几小丛连翘树。这一带,连顽强的中国农民也几乎找不到可耕之地。但它依然很美:巴掌大的一块块泛绿的新麦、不时掠过的一泓清澈山泉、仅有几个小泥屋的村庄……九点左右我们到达吉县,停下来吃了碗面条当早餐。接着巴士开始冲刺,上了灌木丛生的山脊。山的那边是一片奇异的景观——侵蚀性的大峡谷和杳无人烟的高原。

终于开始下坡了,巴士作"之"字形迂回,逐渐下到岩石大峡谷中。这道峡谷的形成,缘于黄河水最近一百万年的冲刷。不经意间,我们突然就到了黄河边上。我和另一位乘客一过黄河就下车了。巴士则继续前行,它还要跑五个小时才能到延安。

我下车的地方叫壶口瀑布。来此地的人不多,竟然还能遇上一个同伴，我自然十分高兴。我俩把包寄放在一个工人的小木屋里，沿着紧贴河谷的崎岖岩石路向上游走去。这位同伴是河北大学的环境学教授，八十多岁了。他也是第一次来这里。他说一千年前这里的群山长满森林，只因为历史上战火频繁，我们现在一路上连一棵树也见不着了。

从我们下车的桥头，到壶口瀑布三公里有余。壶口瀑布是黄河上最大的瀑布，也是中国仅次于贵州黄果树的第二大瀑布。它落差四十米，每秒九千立方米的水量从天而降，猛烈地砸向下面的岩石河床，激起冲天的水雾和地动山摇的轰鸣，正所谓"四时雾雨迷壶口，两岸波涛撼孟门"，雄哉壮矣！可是，这里距最近的县城都有两小时的车程，每天只有一班巴士。花五十块钱来这里看瀑布，大多数人都得掂量掂量。不过我来这里，就是想零距离感受一下它。

我们走过的这段河谷叫"龙槽"，是一条四公里长的深沟。这条深沟，是瀑布凭借连砸带刷的巨大力量，在玄武岩河床上"划"出来的。同时据我的教授同伴讲，壶口瀑布还是一道会移动的瀑布。它对悬崖面的巨大冲刷力，使它自己以每年四厘米的速度向上游移动。这个速度也可以说每二十五年一米，一世纪四米，或者说从北宋至今一千年往后退了四十米。随着瀑布向上游退却，龙槽也跟着向上游延伸。从瀑布"吐槽"四公里来估计，它的形成是最近十万年的事。看来，正是在最近的十万年里，从"天上来"的黄河水以万钧之力把群山划了一道口子，一泻千里，奔流到海不复回。由于龙槽的存在，除了源头一带，这里的黄河是最窄的了，两岸只相隔四十米。乍看起来，你就好像能跳过去似的。听说飞车高手埃维尔·克尼维尔[①]确实

---

① 美国飞车高手，已于2007年去世。——编者注

壶口瀑布

有计划在这里飞越黄河。他能不能成功，恐怕不好说。

现在是四月下旬，是每年水量最少、水位最低的时候。但瀑布仍然很强大。我们甫一下车，离它差不多还有四公里，就能听到它巨大的轰鸣。黄河两岸那些荒凉的山峰，犹如中国古代那些垂裳而坐的帝王。他们无声地凝视着瀑布的冲天雾雨，倾听着瀑布的地动山摇，一年又一年，一代又一代，无始亦无终。我暂时加入了这一凝视者和倾听者的行列，在一个多小时里流连忘返。最后，我狠狠心回到桥头，却马上陷入了一个坐车的难题。

此时中午刚过，而下一班巴士要到第二天中午，因此唯一的选择是找辆便车。要不在这里住一晚？桥对岸倒是有这里唯一的一家旅馆，但看起来实在不怎么样，貌似几个月没有住人了。等车等得好辛苦！每三十分钟左右有一辆油罐车经过，但都不与我同路。这时教授也回来了。我远远地望见公路那端有个检查站，就与教授一起走过去。检查站里两位警察正在吃面条。我问他们这里有无可能拦到便车。他们邀请我俩进屋，许诺帮我们拦一辆同路的卡车。就这样又等了两个多小时。

我们在等车的时候，警察在检查延安开临汾的油罐车的证件。他们逮到一位未持有效证件的司机。于是，一场长达两个小时的扯皮开始了。在两位警察忙于扯皮的当口，一辆私人旅游巴士开了过来。我急忙冲出检查站，向它猛烈挥手。车上坐满了学地质的大学生，他们刚从壶口瀑布参观回来。这辆车正好与我们同路，我和教授都上了车。

经过两个小时的颠簸，终于到了宜川县城。自从离开了壶口瀑布，这还是第一次见到"大城市"。这一天就这样吧。西边的太阳就要落山了，我也该找个地方睡觉了。巴士还有三小时到延安。我下得车来,开始找住宿的地方。宜川几乎都说不上是一个县城。我没怎么费工夫,就找到了这里唯一的一家旅馆,花了九块钱,住了最好的房间。

我打开行囊,开始琢磨晚饭的事。这时突然有人敲门,原来是一位外事警官。他问我是不是参观了壶口瀑布,我说是的。他说壶口瀑布不允许外国人参观。真是奇了怪了!临汾官方明明告诉我壶口瀑布可以参观。后来才知道,这是陕西和山西两省在争夺壶口瀑布的管辖权,而两省对外国人制定了不同的规定。我辩解说我不知情,最后罚了二十块小钱了事。警官还告知我,必须坐第二天早晨七点的巴士离开宜川。这事摆平之后,我到街上找了家拉面馆。我正想体验一把拉面呢。说实在的,我还想洗个热水澡,不过这在宜川已经属于贪得无厌了。我只好凑合着冲了个凉水澡。还好这里没有洛阳那样的"夜半歌声",因此我一躺就着,一着就一通宵。

第二天早晨,我顺利赶上了离开宜川的巴士。这里的大喇叭六点二十就开始播音乐。虽然睡了一宿安稳觉,早上起来却怪怪地有点头晕,吃了一片阿司匹林一点儿都不管用。我心想没准我的头晕就是这大喇叭给闹的。它播的全是军乐,没有莫扎特,甚至没有中国古曲"高山"和"流水"。走过一个街区到宜川汽车站,两辆巴士停在灰尘满地的停车场,其中的一辆是我需要的。早上七点,我准时离开宜川。公路两旁成排的白杨树抽出了铜黄色的芽苞,一垄垄的薄膜下是正在培育的烟苗,打开车窗,一阵阵辽阔的春风拂过我的面颊。

两个小时后,车到南北向的高速路。我在茶坊村汽车站下了车,换乘南行的另一辆巴士。又两个小时后,当巴士行驶到一座植被茂密的小山时,我再次下了车。在中国的黄土高原,一座山上有这么多草木着实令人惊叹。这里叫黄陵,是安葬黄帝的地方。

一周以前,我造访的另一个地方,也号称是黄帝的安葬地。它就在阌乡县城的郊外,我去大禹渡的时候经过那里。在中国,很多名人都不止一处陵墓,不过在过去的近千年里,大多数中国人都来黄陵祭祀。黄帝被视为中华民族的始祖和人文初祖。事实上,每年四月上旬的清明节——一个祭祀先人的日子,中国的党政要员都会来到黄陵,敬香祭祀黄帝。

黄帝跻身为受人奉祀的圣贤,是由于四千七百多年前的一场战争。彼时他率领部落联盟,大败三苗部落,控制了庞大的盐湖——解池,就在我早些时候路过的解州附近。正是由于这场战争的胜利,汉人才将他们的控制力逐步扩大到整个黄河流域。在统治了一百年之后,黄帝显然已经窥破长生不死之秘。得道成仙的时刻来临了,他骑上了前来接他去往天国的巨龙。但巨龙还未来得及消失在云彩中,他的追随者就已经赶到,扯下了他的衣冠鞋袜。这些东西被埋在黄陵,成了他的衣冠冢。

黄帝陵所在的小山叫桥山,有一条水泥路从高速路岔开通向那里。我不禁注意到,其他山都是光秃秃的,只有桥山郁郁葱葱。显然,砍桥山上的树违法,而砍其他山上的树却无所谓。在上桥山的半路上,我驻足在一座大殿前。在过去的两三千年里,官员们就是在这里祭祀黄帝的。但是,我印象更深的不是大殿本身,而是它院子里的那些古老柏树。据说特别大的一株是黄帝亲手种下的;另有一株则是两千一百年前汉武帝来祭祀黄帝时种下的。

离开大殿,又往前走了一公里就到了路的终点,前面马上就是黄帝陵了。在入口处,碰见一个卖葵花籽的女孩。她很会嗑葵花籽,可我连西瓜籽都嗑不利索,也就没买她的葵花籽,省得嗑起来

黄帝陵园中的古柏

丢人现眼。和几位游客一道,我登上了抵达陵墓的最后台阶。陵墓前有一个露天祭台。一帮学生站得笔直,目光肃穆,他们的老师则在敬香。然后他们一起三鞠躬,再然后是合影,最后他们就散了。我不是中国人,却有一点印度血统,也许我的先祖与中国有某种渊源也未可知。因此我也点了几炷香奉上。然后回到高速路,拦了一辆北行的旅游巴士。三个小时后,我结束了一天的行程。我到达的地方,正是当年红军万里长征的终点——延安。

这次我依然选择入住政府的招待所,只是不记得晚餐吃的什么了,只记得那痛快解乏的热水澡;它令我一头栽入了梦乡。可是第二天早晨起床,我又感到头晕,而且还有点发烧。幸好医院就在招待所的街对面。我在每天九点的截止时间之前挂上了专家号,并且立马就取到了药。这一天我浑身乏力,身体轻飘飘的,但我还是去看了这座城市的那些革命历史遗迹。

我行程的第一站是延安革命纪念馆,它设在市北的一幢宏大建筑里。展出的内容包括陕北党组织的创立和"延安精神"的兴起,等等。在贪污腐败的国民党和凶残嗜血的日本帝国主义的包围中,延安成了革命圣地。

纪念馆里有一匹毛泽东的战马模型,形貌大小与真马无异。据说是用他骑过的一匹马的真皮,加上填料制成的。这是整个纪念馆我最喜欢的展品。此外还有一套模型,表现红军官兵如何在自己控制的村庄建立地道系统。锅台、草垛甚至佛像底座,都隐藏有地道口。这里还有一个书店,出售革命年代的著作,许多书在别处难得一见。就像所有的革命一样,中国革命也并非一切都如预想的那样美好。毕竟谋事在人,成事在天,本来是一件挺美好的事儿,到具体干的时候也难保不会有偏差。

我的第二站是市北杨家岭和王家坪的窑洞。当年国民党和日军的飞机狂轰滥炸，试图把这些窑洞炸成齑粉。现在延安依然有很多人住类似这样的窑洞。看了几孔窑洞之后，我犯了嘀咕：窑洞冬暖夏凉，为什么有人死活要搬到市里去住呢？是隔音不好？从1937年到1947年，中国共产党的领导人都住在这些窑洞里呢，不至于吧。

这些窑洞对公众开放，从中可以窥见中国共产党的领袖们有趣的个人习惯。例如毛泽东的卧室里摆满了书架。导游说他经常深夜一个人看书，看着看着就睡着了。也正是在这些窑洞里，毛泽东写了很多文章，这些文章的精华后来收进了他那著名的红宝书中。在布满灰尘的院子里有一个亭子，他夏天在那里读书，也在那里接待客人。就是在那里，毛泽东告诉安娜·路易斯·斯特朗"一切反动派都是纸老虎"。任弼时的窑洞里放着一架织布机，它诠释了延安当年"自己动手，丰衣足食"的大生产运动。朱德的窑洞外，则有一面石制的棋盘。最令我惊讶的是周恩来窑洞里的一张照片，照片上的周恩来坐在桌旁，他面前摆着一尊未来佛——"弥勒佛"的铜像。

有些搞笑的是，延安南郊有一座四十四米高的宝塔，它既象征着延安的革命历史，又象征着延安的佛教历史，甚至它就是延安城的象征。这座塔建于一千三百多年前的唐朝。现在，人们依旧可以在塔内拾级而上直至塔顶。在宝塔平台附近有一个独立的亭子，悬挂着一口钟。过去每天都有和尚撞钟，通知早课和晚课。后来红军来了，他们继承了和尚的好传统，也开始撞钟，只不过他们是报告空袭和通知重要会议罢了。

延安除了把它最著名的宝塔奉献给了革命之外，还把它最著名的一首歌曲奉献给了中国共产党。这是一首歌咏"七百匹马"的

延安窑洞

民歌。中国发射的第一颗人造卫星,每天从太空向全世界播放的正是这首曲子。不过,它不再叫《七百匹马》了,它现在叫《东方红》。①

尽管延安地处贫瘠荒凉的黄土高原,一条通西安的铁路却刚刚竣工,这是中国领导人很上心的工程。延安是红军长征抵达的圣地,是第一次成功建立共产公社的地方,更是毛泽东思想的摇篮。这里也是1947年国共交战的滩头堡,撤离延安的红军②杀了个回马枪,并最终在全国范围内打败了国民党军队。这座黄土高原上荒凉贫瘠的小城,是现代中国的一粒原初的种子。

每年有成千上万的中共党员来到延安,旨在重振"延安精神"。随着铁路的竣工,我预计会有更多中共党员来这里"朝圣"。现在就连学生们也被鼓励加入"重走长征路"的队伍。这一重振"延安精神"的巡回活动,显然是中国领导人希望回归淳朴年代的一种努力。这一点可以理解。我对延安最深的记忆,恰恰就是它的这种纯朴的生活方式。人们在街边的人行道摆上桌子,围坐一起喝茶聊天,这种场景我只在延安见过,在中国的其他城市都没见过。甚至延安的汽车站,也会在大门口专辟一块地方,给那些只喝茶聊天而不坐车的人。延安还以烟叶种植闻名,因此人们聊天的话题总是烟叶、烟叶,说不尽道不完的烟叶。

除了革命和烟叶,延安还另有可看的地方。在这座小城西南十五公里,有一座名为万花山的小山。那里漫山遍野都是野生牡丹

---

① 《东方红》的曲调源自陕北民歌《骑白马》,《七百匹马》的说法无从考证。
——译者注

② 此时红军已改称中国人民解放军。——编者注

花，足有好几百万株。我打了一辆出租车前往那里。现在是四月，离牡丹花季还有差不多一个月。不过吸引我的不是牡丹花，而是万花山对面山坡上的花木兰墓。木兰是个姑娘，花是她的姓。根据大多数的历史记载，她应该生活在唐以前的某个时期，大约距今一千五百年。某一天官府有令，村子里所有的壮年男子都要从军。由于官僚们的草率，木兰老父亲的名字竟然也出现在兵役花名册中。虽然她父亲早已过了壮年，可是官僚们将错就错，拒绝免除他的兵役。而她父亲又没有成年的儿子。因此木兰就女扮男装，代替父亲从军。十二年后，她返回故乡。后来她死了，就葬在万花山对面的山坡上，那里就叫"花家陵"。

现在中国人的课本里，仍然有古汉语和古代经典作品。他们都知道赞美花木兰的《木兰辞》："唧唧复唧唧，木兰当户织。不闻机杼声，唯闻女叹息。问女何所思，问女何所忆。女亦无所思，女亦无所忆。昨夜见军帖，可汗大点兵。军书十二卷，卷卷有爷名。阿爷无大儿，木兰无长兄。愿为市鞍马，从此替爷征……"

木兰，一位平民女子，英雄女子，传奇女子。她的墓碑朴实无华，上面写着"花木兰之墓"。远离青史与良辰，从战斗英雄回归本色农家女，这是她的后半生，也是她的来生。

/ 第十七章 /

榆林：短命王朝的长命都城

在延安待了两天，养精蓄锐之后，我又上路了。身体依然不舒服，可是，谁让我铁了心要去黄河源头呢，"路漫漫其修远兮，吾将上下而求索"。延安位于中国黄土高原的中部，这片高原以不可思议的侵蚀性地貌闻名于世，而且是越往北走越荒凉越贫瘠。而我要去的，恰恰就是延安之北——那些荒凉贫瘠的黄土地。在延安汽车站，我上了去榆林的巴士，开始了长达九个小时的痛苦旅程。不是我有受虐癖，而是没有更近的地方可去，因为延安和榆林之间的所有城镇都不允许老外进入。

巴士走了两小时，车窗外除了褐土地还是褐土地，油井架子比树林子还多。这地方真够恐怖的，就是欢迎老外来，外国人也不会有下车的兴趣。走了四个小时之后，巴士逗留在一个叫"绥德"的小县，乘客纷纷下车去上厕所。其实，这么小的一个地方号称县城实在有点悲哀。而悲上加悲的是这里在古代发生的一个故事。公元前210年，秦始皇一命归天，始皇帝成了死皇帝，这两个词发音极其相似，很多中国人也分辨不出来。当权太监密谋让皇帝的小儿子继承皇位。他们以死皇帝（也是始皇帝）的名义发布假圣旨，敕令始皇帝（也是死皇帝）的大儿子扶苏和他身边的大将蒙恬自杀。唉，这位扶苏公子是个大孝子，他见是父皇的旨意，也就奉旨自杀了。他的墓就在绥德。而大将蒙恬是个机灵人，他怀疑其中有诈，并未立即自杀。蒙恬还是一个卓有成就的人。举世闻名的万里长城就是他修的，据说他还发明了中国的毛笔。不过最近的考古发掘证明，比蒙恬早几百年就有毛笔了。这样，历史在两千年以后又没收了他的发明家桂冠。不过对他修长城以及抗旨的行为，人们依旧推崇。悲惨的是，秦始皇的小儿子登基后，再一次降旨命令蒙恬自杀。蒙恬这回走投无路，不得不服毒而死。他的墓也在绥德县境内。比较吊诡的是，这位新登基的皇帝两年后也被迫自杀了。伴君如伴虎，君杀臣，有时臣也弑君。一部历史就是一部杀人史。像范蠡大夫那样"小舟从此逝"的胜利大逃亡，千载以下又能有几人呢？

　　巴士过了绥德，继续行驶在黄土高原上。这里的地貌对"侵蚀"这个词又有新的诠释。褐土变成了黄土，如果不是黄土，那它就是……更大的黄土！甚至与公路相伴而行的无定河也是有河无水的黄土。过了米脂县，地貌又为之一变，黄土变成了黄沙。车到毛乌素沙漠的边缘，无定河突然来水了，清澈的河水至少有一英尺深。无定无定，顾名思义，就是不按常理出牌。我想它的上游某个地方肯定下雨了。河里有了水就大不一样，广袤单调的黄土地顿时平添了些许生气。终于，足足九个小时过去了，我们到了榆林。花三块钱打了一辆三轮车，一路拉我到市北端的"榆林宾馆"。可是宾馆竟然客满了。住的不是外国人（我是全市唯一的老外），而是来公费旅游的官员们。不过，由于"榆林宾馆"是全市唯一的涉外宾馆，他们还是给我弄了一个房间。我累坏了，躺在床上舒展四肢，脑子却还在"过电影"——回想这漫长路途上的一幕幕。时间已近傍晚，但阳光依旧灿烂在窗子上，也灿烂在我的心里。可是一转眼的工夫，起风了！天黑了！只几秒钟，整个榆林已为沙尘暴所吞噬。我站在窗前，看街上那些被大风蹂躏的人们，他们弯着腰，侧着身子，在风中吃力地蹒跚着。突然，一阵更猛烈的沙尘暴袭来，这些人眨眼间全不见了。仅仅半个小时后，沙尘暴消停了，真是来也一阵风，去也一阵风。街上的行人又重新出现在我眼前。他们像从一场梦境中归来，或者说从一幕蓬莱仙境中归来。海市蜃楼？对！中国人是这么说的。

这时有人敲门。我开门一看，这回来的又是一位外事警官。此人姓王。他问我来榆林干什么，并说外国人很少来这里。我告诉他我是一个溯黄河而上的人，希望造访黄河泥沙的"大本营"。据郑州黄河博物馆的人说，黄河的多数泥沙来自榆林地区的支流。我提出去看看榆林市东南的佳县和东北的府谷县，这两个县的县城都在黄河岸边，不远处都有支流河口。王先生说佳县不对外国人开放，府谷县不清楚。他说会帮我打听一下，然后就告辞了。

我累得去宾馆餐厅吃饭的力气都没有了。强打精神去了，点了最简单的饭菜：炒米饭和西红柿鸡蛋汤。吃完回房洗了个温水澡，准备睡觉。这时候夜幕刚刚降临，无疑这将是一个漫长的夜晚。隔壁房间的干部们正在"开会"，实际上，这种"开会"基本上就是度假的代名词（我始终没闹明白他们这个会的主题）。

那天夜里，我头晕、发烧、打冷战。第二天一早，我给前台打了电话，请医生来看病。毕竟一口气在路上奔波了六周，没停下来歇过一天，这回终于趴下了。在中国，我通常把一次旅行限定在三周之内，最多不超过四周。显然，这回我已经对自己破戒了。一个小时之后，医生到房间给我打了两针。我没问他打的是什么针，管他呢。他要求我至少卧床休息两天。医生走后不久，我发烧和打冷战的症状就消退了。可是我还是没搞明白我的病因何而起，得了，就叫它"黄河流感"吧。谢天谢地，但愿我能好起来，可千万别再加重了。到了第二天，我依然感到身体发飘，下床去卫生间都头晕目眩的。于是，我决定遵医嘱卧床休息两天。

在接下来的两天里，医生每天都来看一次。王先生也是如此。一日三餐有人送简单的饭菜——多数时候是汤和肉包子。如果宾馆的环境安静舒适一些，我也许会卧床再休息个一两天，可是这两天我已经受够那些"开会者"了。他们闹腾得我犹如在地狱煎熬一般。于是，第三天早晨王先生到来后，我告诉他想去榆林的一些景点看看。他答应替我安排。一个小时之后，他开着一辆吉普回到宾馆。他显然是不希望我给他惹出乱子来，于是自愿做了我的向导兼监护人。我出吉普的租金，但不用出导游费。虽然他的身份有些微妙，但我还是比较高兴。毕竟我身体不舒服，有个人陪着总是好的。

在中国古代，榆林是一座边境城镇。它正好在蒙恬长城的内侧，这表明它属于汉人的统治范围。在榆林市北几公里处的沙漠里，依然可以看到蒙恬长城的遗址。这正是我们要看的第一个景点。不仅那段长城本身保存完好，而且还有一座叫"镇北台"的巨大要塞。它建于1607年，外砌砖石，内筑夯土，高达三十米，既可做烽火台，也可做瞭望塔，而且它还像一座截了头的金字塔，矗立在沙漠之中。我们跟着景点看管人，登上"金字塔"顶，纵目远眺。看管人说，就在城墙的外侧过去有一个集市，游牧民族用马匹交易汉人的商品。现在集市早已湮灭在历史的尘埃之中，只有大大小小的沙丘，一个又一个，无边无际，从四面八方向地平线延伸。

镇北台

在这片不能住人的地方,很难想象会出现一个集市,或者别的什么东西。但是,在远处一片沙丘的后面,我分明看见一块绿色的田野。按王先生的说法,这正是中国最成功的沙地复垦项目之一。

　　榆林地区有大约二十万亩沙漠,自从1950年以来,有一半(十万亩)已用于农业耕作。这真是一项了不起的成就。如果亲眼看见浩渺的沙丘旁边有一块绿色的田野,你是永远不会忘怀的。但是王先生告诉我,见证沙地复垦项目的最佳地点,并不是这里,而是榆林沙地植物园。它在镇北台以西一公里,在沙地里试种着一百七十多种植物。在这个植物园的某些园区里,我还看到如何一步步先在沙地里种地被植物,然后种灌木,最后种乔木。最大的亮点出现了——在我走过植物园的时候,一只花脖子野鸡呼啦啦地飞出灌木丛,消失在乔木林子中。它一下子把整个心灵、整个世界同

红石峡

时点亮了。

　　看到沙地复垦项目正在大面积地进行中，心情为之一爽，但身体还是不太舒服，我于是向王先生建议回宾馆。可是他还想带我去看另一个好地方。在回城的路上，我们离开主路，在一条岔道上行驶了一公里左右，到了一个名叫"红石峡"的地方。这里的风光比沙丘边的绿地又胜一筹。峡谷两边的崖壁全是红石头，而崖壁之间是一条清澈的河。不过给我印象更深的，还是峡谷沿途的庙宇、窟龛和石刻。密布崖壁的窟龛和石穴，里面雕刻着佛和天上神仙。书法石刻更是让人目不暇接，有的甚至可以追溯到一千年前此地第一座庙宇的建造。真是美极了，什么是沙漠中的绿洲？这就是！这里就在榆林市北边，离市区不过三公里，我就纳闷为什么游客会这么少？按照王先生的说法，是因为不通公交。不过我注意到，和尧庙一样，这里也是年轻情侣的洞天福地。他们不害羞，两人一辆自行车就来了。也许美景是爱情的催化剂吧。假如身体好点儿，我会在这里多逗留一会儿。可是很遗憾，我的头晕又犯了。

我们不得不回到榆林市里。下午我小睡了一觉，本指望能缓过劲儿来，可是效果不佳。这样倒也省心了。反正除了王先生带我去看的少数几个地方之外，周边的大部分景点都不对外国人开放。不过有那么一个地方，不让看我还是觉得挺遗憾的。此地在榆林市以西一百二十公里，周边人烟稀少。公元5世纪，匈人（Huns）在东欧四处劫掠，他们的对手匈奴人（Hsiung-nu）则建立了自己的国家"大夏"。公元413年，大夏王朝在榆林市以西建筑了自己的都城"统万城"。这一年，罗马城遭到洗劫；这一年，高僧鸠摩罗什去世；这一年，中国已经四分五裂，包括大夏在内的许多小朝廷相互混战。大夏王朝只存活了不到二十年，然而这座都城却保存了一千五百年。事实上，它是这类遗址中保存得最完整的。原因可能是那里交通不便吧。第二个原因可能是这一带非常干旱，一场雨之后有时要等若干年才会下第二场雨。尽管沙尘暴是个反面因素，但从照片上看，这古都城的内城墙几乎跟新的一样。它高达十米，每边长五百米，四角各有一个三十米高的塔，此外还各有一个鼓楼和钟楼。都城的统治者虽然是匈奴人，都城的样式却是模仿的汉人。考古学家认为，都城的各宫殿可以容纳几千名官员和一万名侍者。今天这都城是彻底废了，整个被毛乌素沙漠一望无际的黄沙给圈起来了。顺便说一句，毛乌素沙漠是鄂尔多斯沙漠的南半部分。

王先生说，老外不允许看统万城，不过嘛，府谷县还是可以看的。府谷在榆林东北一百公里，开车去要穿过毛乌素沙漠的一部分。由于榆林和府谷之间几乎没有公交，王先生同意再次为我租吉普车。于是第二天我就在王先生的陪同下，开始了榆林之北的府谷行。

车刚出榆林市区，我们就被毛乌素沙漠包围了。这毛乌素沙漠还真不是吃素的。根据地图，它南北宽一百公里，东西长四百公里。毛乌素在蒙语里是"坏水"的意思。有趣的是，这个词译成汉语，含义就变得与水质无关，与人品有关了，"满肚子坏水"绝不是指某人拉肚子。坏水也罢，甚至没有水也罢，再甚至公交有一趟没一趟也罢，这公路倒是挺好的，大部分都是水泥路段。

车刚过窟野河，我请求停一下。这河里的泥沙量貌似超过了世界上任何一条河，我猜想它的上游一定经常发生史上最强烈的沙尘暴。如果这里下雨，那好了，简直就是在演习末日来临。考虑到窟野河的特殊性，我对它拍摄了很长时间。这条河里确实有水，而且看起来是好水不是"坏水"。拍摄完河，我又拍了岸上的土山。正是这座土山，在神木县城一带把窟野河的河道压迫得窄窄的，变成一把漏斗，向东注入黄河。现在是四月，离夏季的狂野沙尘暴还有几个月，但这条河似乎已经饥渴得做起了"夏梦"（它绝不做春梦）。

那座压迫窟野河的土山叫二郎山。山上有很多可以追溯到明朝的祠堂和庙宇。但是和神木县周边的其他景点一样，整个二郎山也是不给老外看的。我只好在亲爱的伙伴王先生的陪同下，越过窟野河，穿过神木县，继续前行。王先生对我的行为很关注，见我没有看不该看的地方，他很放心很舒坦。可我却有点不爽，好像一个初赴社交舞会的青涩少年，总受人监护和指导似的。他本来可以更省心的。可我还在发烧，连走路都头晕，只好让他多担待些了。一到府谷县城，我就住进了城里唯一的一家宾馆，一头扎进被窝里，一躺就是三天。除了医生偶尔来打针和吊葡萄糖，我就一直没起过床。没办法，要摆平"黄河流感"，我得先把自己摆平了。到第三天，我终于能起床撑一段时间了，便走到黄河岸边，拍了一些拴在河堤上的小船。无奈身体还是发飘，我走回宾馆继续睡觉。对于府谷县的印象，我就只记得我又睡了一晚，第二天就离开了，坐每天一趟的巴士前往下一个目的地——东胜。

窟野河

/ 第十八章 /

呼和浩特：两千年的政治棋子

　　巴士先是朝着神木方向走了一段我来时的回头路，然后越过鄂尔多斯沙漠边缘的世界第八大煤矿。我原以为接下来我们会绕过沙漠，不料过了煤矿没多远，巴士便折向西北行驶，一头扎进了沙漠。我放眼望去，四周都是无边无际的黄沙和戈壁滩。直到三个小时之后，我们才见到了草，草地在顽强地与沙漠和戈壁做着生命的抗争。又一个小时后，巴士在一片荒芜之地把我放下了。在早些时候，我告诉司机说我要在成吉思汗陵墓下车。这里正是陵墓所在地，不料却如此荒芜。除了看陵人之外，也就只有我一个人了。
　　公元1227年，成吉思汗一命归天，棺椁起初安放在外蒙古。五十年后，他的孙子忽必烈完成了问鼎中原的大业，建立了元朝，成吉思汗陵就被移到这一带，棺椁安放在黄河最北弯道的南岸。这样做的目的是为了便于皇家祭祀。第二次世界大战期间为了妥善保管，棺椁曾转到甘肃，之后又转到青海，最终在1958年又回到这一地区，安葬在东胜以南，就是我现在下车的这个地方。自从那时起，中国政府就建造了一座瓦顶建筑，不仅用来安放成吉思汗的棺

成吉思汗陵

椁，还用来安放他的后妃和长子的棺椁。①这座建筑与我在中国见到的其他任何建筑都不一样，它像三个并排的蒙古包，或者我干脆就叫它蒙古包吧。在"蒙古包"内部存放有许多据说曾经属于成吉思汗的物什，包括他的剑和马鞍。

虽然这里的建筑内部给人一种博物馆的感觉，但它实际上是一座陵墓。它的中央大殿，就是三个"蒙古包"中间的那个，安放着成吉思汗的棺椁，旁边则是他的后妃和长子的棺椁。在大汗"蒙古包"前的大理石地面上，摆满了松柏叶和其他祭品，都是供大汗在来世享用的。我发现当中竟然有一打啤酒。在大殿外面，两株杏树正花儿朵朵；而在我头顶上，两只雪雁正飞返北方。我招手拦下当天前往东胜的最后一班巴士，与雪雁们一同向北而去。

两个小时后到了东胜，这时太阳已经开始落山了。我找到"东胜宾馆"，花五十元住进了由三个房间组合的套房，卧室里的床足有我家里的整间卧室那么大。吃罢晚饭，我躺在床上，那感觉，就像自己是奥斯曼帝国的一位帕夏。没几分钟，我便深深地睡去。前几天的那场病弄得我现在还无精打采。这一夜，我连个身都没翻。

每天早晨六点半，东胜的大喇叭便开始播音乐和新闻，大伙就别想再睡了。这是我第二次见到这样的城市，第一次是宜川。到八点，大喇叭还在没完没了，我连忙坐上开往包头的巴士离开了。两个小时以后，我跨越了黄河最北弯道的唯一一座大桥，又过了一小时抵达包头。这时才中午刚过，在"包头宾馆"住下后，我打了一辆车，去看五当召喇嘛庙。

---

① 实际上这座陵墓只是成吉思汗和其后妃的衣冠冢，陵墓内并无棺椁。

——译者注

五当召在阴山山脉的另一侧。这里曾是中国密宗的主要中心之一。与其他地方的密宗寺庙相比，五当召的建筑风格具有明显的藏传佛教特征，透着更多密宗源头的范儿：厚墙、小窗（窗套大于窗体）、多层、平顶等，内墙面装饰着三百年前召庙初建时的壁画。我的强大之处，就在于手电和望远镜随身带。召庙内的艺术十分精美，光线却十分暗淡。要没有手电和望远镜，对那些绘画我就只能走马观花了。支撑大殿的有几十根廊柱，它们都裹着厚厚的红毯。这一方面是为了改进音响效果，另一方面是为了在冬天增添一丝暖意。

在把可看的都看完了之后，我回到包头，进行每天最后的"压轴戏"：吃晚饭，洗衣服，洗澡，早早上床。包头大街上没有大喇叭折腾人，不过我第二天起得还是很早。内蒙古空气干燥，我的衣服干得也快。很多地方一夜起来，衣服还有些发潮，在包头却干透了。我原打算从包头坐火车沿黄河上游去银川。到火车站一看，下一班火车要下午才发车。我也不打算坐巴士，太远了，路上得走十到十二个小时。因此我就想，既然到了内蒙古，它的首府呼和浩特也就两个小时的火车，我完全可以临时改变计划，向东去一趟呼和浩特。不巧的是，下一班去呼和浩特的火车也要下午才发车。而去呼和浩特的巴士每半小时就有一班，于是我就上了巴士。

一出包头市，巴士就沿着嶙峋的阴山山脊向东开去。前一天去五当召，是翻过了这道山脊的。今天我不需要翻它，只需要跟着它走。中途路过阴山脚下的一个小庙建筑群——美岱召。几百年前，这里是成吉思汗一位后人的居住地，但我一直未查明具体是哪一位后人。尽管美岱召的墙和屋顶庄严壮观，巴士里的乘客却连看都懒得看一眼。他们全都两眼直瞪瞪地盯着闭路电视里的台湾肥皂剧，那才是他们的最爱。

呼和浩特这个名字在汉语里听起来有些怪怪的，就好似好好的一个词发音发颠倒了。其实，它并不是汉语而是蒙语，意思是"青色的城"。五十万年前，中国游牧民族的祖先就在呼和浩特所在的这块土地上生活了。而在两千五百年前的战国时代，这里就有大规模的兵营了。大多数来呼和浩特的游客，都参加了官方组织的旅游项目，前往这座城市以北的草原，蜻蜓点水似的感受一下牧民的生活。但是我还从未见过真正喜欢这个项目的人。你的大多数时间都耗在吉普车上，只是偶尔停车去造访某个典型的蒙古人家。毫无疑问，这个蒙古人家已经接待过不知多少拨这样的游客了。"接待游客"已然成为他们的生活方式和谋生手段，而原来的牧民生活却退居其次，甚至完全沦为作秀了。比较好的办法是租一辆汽车，外带一个会蒙古语的司机，连向导都省了，甚至也不用事先计划，直接把车开进草原腹地就是了。让生活回归生活本身吧。

从包头到呼和浩特很快，还不到中午就到了。巴士的终点是呼和浩特火车站。我走进火车站把包寄存了。然后开始考虑除了草原行之外，还有什么地方值得去。查看了一下地图，我决定让自己多愁善感一把，去中国历史上一位著名的女子的安息地看看——她的名字叫王昭君。

每当中国人因背井离乡而肝肠寸断的时候，总是想起王昭君。昭君是长安城皇宫里的宫女，公元前33年，她从万里之遥来到呼和浩特，与匈奴部落的呼韩邪单于成亲。两千年前，这一部落统治着蒙古的这一片地区。她是被汉朝皇帝的和亲计划选中的，除了奉旨和亲外，她没有其他路可走。当时的朝廷迫切希望通过和亲，来缓解边境地区与匈奴游牧民族的紧张关系。昭君实际上成了朝廷的

昭君墓

一枚政治棋子。中国的作家和艺术家总爱把王昭君描绘成一个悲剧人物。"父兮母兮，道里悠长"——生离死别的时刻，最后的一次回眸，永远不能再归来的家乡和故国，永远不能再相见的父母、亲朋、童年伙伴……

我打了一辆出租车，前往呼和浩特南郊的昭君墓。这是一座人工夯筑而成的巨大土丘，坐落在一个小公园里。旁边还有几个展厅，摆着一些那个时期的手工艺品。现在是五月初，她的坟头上长满了青草，青草上开满了粉红的花朵。据说即使到了肃杀的秋天，所有的草木都枯萎了，她坟头上的青草也依然如故。因此，中国的诗人们给了她的墓一个雅称——青冢，李白说"死留青冢使人嗟"，杜甫说"独留青冢向黄昏"。凭吊昭君墓，还有一个花絮。那天我从一位老奶奶手里买到了一支平生吃过的奶油味最浓的冰棒，是她亲手用羊奶做的。

从昭君墓回市区的路上，我还去看了三座建筑风格各异的寺庙。第一座也是最著名的是五塔寺。它因为一个金刚座上有五座方形舍利塔而得名。这里原来的庙已经毁灭了，现在的金刚五塔是硕果仅存的遗物。这个奇特的建筑建于18世纪，它的墙体的贴面砖上，带有数千尊佛像浮雕。我惊异于这样一个"浑身都是封建迷信的家伙"，竟然逃过了"十年浩劫"。

在金刚座的后照壁上嵌有三幅石刻，这是任何游客都不会错过的。第一幅为《六道轮回图》，描绘了佛教的生死轮回观念。我们每个人甚至每个动物都在这六道中轮回着，只有通过智慧和慈悲的度化才能解脱。第二幅为《须弥山分布图》。佛教认为须弥山是宇宙的中心，整个宇宙是围绕须弥山建立的。第三幅为《蒙古天文图》。它罕见地用蒙古语标注了星辰和星宿的名称，是研究天文史的珍贵资料。

从五塔寺出来，向西走几个街区，就到了席力图召。这座召庙也不是很大，但是它的汉白玉塔、寺顶装饰甚至庭院都足以给人留下深刻印象，绝对值得一看。不过，给人印象更深刻的，是我此行的第三座也是最后一座寺庙。那就是位于席力图召西面仅几个街区的大召寺。它有好几个修葺一新的漂亮殿堂，里面装饰着硕大的灯笼和几百只小铃铛。这些铃铛在春风中摇曳，发出优美悦耳的叮当声。在大召寺的入口处有一口井名叫"玉泉井"，是当年中国西北部地区最著名的井之一。现在这口井已经干涸。水是没了，却变成了酒。呼和浩特的"玉泉啤酒"就是以它的名字命名的。那天夜里，在火车站等候去银川的火车时，我就"以酒代水"地喝起了这种啤酒。

五塔寺

五塔寺佛像浮雕

/ 第十九章 /

银川：九座枯坟一局古残棋

　　我想办法买了一张火车硬座票，没买上卧铺票。不过在中国，只要上了车就有机会。常在中国旅行的人都知道，餐车旁边的列车员值班室就是补卧铺票的地方。为什么中国的火车卧铺票这么难买？因为分配给每个车站的卧铺有限，而车站又要留出这些票，以备不时之需。唉，不说这些了，至少我搞到票了，火车也正点发车了。不出我所料，补软卧票并不难。软卧比硬卧舒服多了。软卧包厢四铺位，硬卧六铺位，关键是硬卧包厢不像包厢的样子，连个门都没有。我的软卧包厢就我一个人，显然，这趟车舍得买软卧的人不多。我想这个时候可能这条线不是旅游热线，也可能是碰巧今晚人不多。火车在行进中有节奏地摇晃，我惬意地躺在卧铺上，就像婴儿在摇篮中一般。整整一个通宵，火车沿着黄河上游，在夜色中一路隆隆向前。

　　在郑州的时候，负责水文监测的科学家告诉我，呼和浩特以南是黄河上游的终点和中游的起点。分界的依据是河里的水量和泥沙量。黄河水变黄，成为真正意义上的"黄"河，是从中游开始的。中游自呼和浩特以南，过潼关，到洛阳为止。从洛阳直到入海口是下游。我现在是沿着黄河上游在往更上游走，虽然车窗外一片漆黑,但我知道黄河就在离我不远的地方,并且与我一路同行。而且我还知道,它还很年轻,还不到"黄"的时候。铁道追随着河道,一路上摇晃着我婴儿般的梦。梦醒时分,火车已经缓缓驶进银川站了,时间是早上六点,红太阳刚刚升起。

银川是中国宁夏回族自治区的首府。在宋代,回族人的祖先就来到宁夏。他们来自波斯、阿拉伯,以及中亚的穆斯林王国,一些人是寻找新机会的商人和工匠,但大部分是躲避蒙古人的难民。在元朝和明朝,各种难民群体以伊斯兰教为中心建立了共同的文化,他们称自己为回族。今天,回族的人口占宁夏人口的三分之一。

一夜的火车,我却睡了一夜的好觉。自从在延安生病后,这还是我第一次生猛起来。在火车站附近的一家宾馆住下,把旅行包往房间一放,我就在前台租了一辆自行车,准备去看景。房间里有银川地图,我发现市内有一所穆斯林学院,就蹬车去了。这是中国唯一的一所穆斯林学院。但看上去并无特色,几幢瓦顶混凝土建筑被大片戈壁包围着。那天遇到了副院长张先生。他从走廊另一端走来,邀请我到他的办公室。他介绍说,学校是由沙特阿拉伯和伊斯兰开发银行出资建的,现有四百名学生。他们由全国各地的穆斯林团体选送过来,学习如何在当地清真寺从事宗教服务。学制从两年到八年不等。有些毕业生还会到沙特阿拉伯继续学习。张先生问我是否想到一个学生班级去看看。我谢绝了,决定继续游览市区。

我蹬车从学校去了市里最大的清真寺。今天是星期天,并非聚礼日,但寺里还是挤满了礼拜者。我是异教徒,不允许进入大殿,从门外能看见里面几百名男子在跪拜祈祷,在用帘幕隔开的女士专用区祈祷的妇女也有一百人以上。同时,阿訇在用阿拉伯语吟诵《古兰经》上的祷文。

古长城遗址

一个看寺人领我在寺里转悠，确保我没有任何冒犯他人的不当行为。他告诉我原则上星期五是聚礼日，但信徒们什么时候都有来的，对于星期五不能来的人，清真寺在星期天专门为他们提供服务。一位虔诚的穆斯林如果不能来清真寺，他仍然会一天祈祷五次，并且在祈祷时停下手头的任何活计。在我看来，似乎穆斯林比其他宗教祈祷的次数多，而且更加注重纯粹性。在清真寺的小书店里，我买了一本书，书中详细介绍了祈祷之前繁复的沐浴过程。不过，这座清真寺的建筑颇令人失望：主殿的瓦片已经剥落，偏殿和院落的布局几乎不像传统的清真寺。而我原本以为这座位于银川这样以穆斯林为主体的人口中心城市里的最大的清真寺，怎么说呢，应该具有更加浓郁的穆斯林特色才对。以拥有漂亮的清真寺著称的伊斯兰文化中心在哪里？我敢肯定不在银川。

我向带我参观的人道了谢，继续游览市区。以银川为首府的宁夏回族自治区是中国整个西北最高产的农业区之一。高产的原因不难发现，那就是……黄河！当然不仅仅是黄河。黄河流经中国西北的许多地区，但这些地区大都贫瘠。宁夏的不同之处在于它有一套灌溉系统。这套系统的建造最早可以追溯到两千年前，比穆斯林移民这里早太多了。

秦汉时期，朝廷在长城沿线建立了多个农业区，这些地区的人口多为迁徙而来。宁夏的农业区因为有发达的灌溉系统，远比其他地区更成功。事实上，一条最初在唐朝开挖的灌渠，现在仍然穿过银川市西部。我蹬车去了那里，毫无意外地看到灌渠充满了水。但在灌渠旁行走的一位男子告诉我水并非总是满的。他说每年冬天会排干灌渠，以便清除淤沙，等来年开春再灌满水。如今是四月下旬，水清澈见底。男子离开之后，我也沿着灌渠行走，边走边想下一站去哪里。我决定去看看灌溉宁夏的水源。

蹬车返回宾馆，我租了一辆出租车去城东十五公里的黄河渡口。我不明白为什么城市要建得离黄河这么远。可能是因为洪水，也可能是因为离灌溉的农田近一些更为合理。到了黄河，我登上一艘简单的金属驳船过河，之后继续向北行驶，在渡口以北两公里，我让司机停下，看了看长城遗址。它向东延伸，消失在漫无边际的沙丘中。此前我在鄂尔多斯沙漠另一边的榆林看到的也是这条长城，这里是它的另一段墙体。司机告诉我一队美国人计划在秋天沿着这段长城徒步到盐池。他说当地一篇文章介绍了此事，还说长城的盐池段保存得非常好。而我现在看的银川这段只隐约还有点城墙的影子。司机说是洪水把墙体破坏了。从长城走不远，就到了俯瞰黄河的古堡——横城堡。眺望黄河对岸，贺兰山紫色的山脊耸立在远方。

中午刚过，该是野餐的时候了。还是那条渡船把我们又渡了回来。来到街上的一个市场，我买了一些面包、西红柿、洋葱、黄瓜，当然还有花生和啤酒。把所有东西装进手提包，我们向西边三十五公里外的贺兰山驶去。走了大约一半的时候，农田不见了，取而代之的是无边无际的戈壁。中国古代诗人说"一川碎石大如斗，随风满地石乱走"，说的就是这一带。

贺兰山是中国最不寻常的大山之一，除偶尔的当地牧民外，人迹罕至。它从平坦的沙漠中拔地而起，形成一道高耸的南北向的岩石屏障，绵延一百多公里，保护着黄河沿岸地区免受山那边的腾格里沙漠的风沙侵袭。它的最高峰达海拔三千五百米以上，而且高度还在增加。自从地震在中国有记录以来，六分之一的中国大地震，震中都在贺兰山。在最高峰上有一个地震监测站，帮助科学家预测

贺兰山

小口子峡谷的岩画

新的地震。

没有直达贺兰山的公路,但司机知道怎么走。从银川出发四十五分钟后,我们到了小口子峡谷的入口,右边有一块篱笆围护区和一座小楼。司机走到楼边,跟里面的人打了个招呼。他们就打开大门,放我们进去了。原来这里是一个保护区。我们沿着山脚向北走,十五分钟后,停在另一个峡谷的入口。

这个峡谷有中国迄今发现的最古老的岩画。据司机说,贺兰山有二十多个峡谷有岩画,但这个是最好的也是最容易进入的,并且看上去还是个野餐的好地方。这里由于缺水而人烟稀少。当地农民把一个峡谷旁边的山泉引入水渠,以此来维持不易的生活。

几分钟后,我的司机指点给我一些特别的岩石,于是我们爬上峡谷的崖壁去细看。一些人物石刻可以追溯到一千年前统治这个地区的西夏。另一些可能也是同一时期的作品,刻的是佛陀的脸,头上有光环。此外还有岩画中常见的山羊脸,以及一块岩石上刻着一个妇女正在分娩。毫无疑问,这条峡谷及其岩石,曾经是举行宗教仪式的地方,旨在保佑附近的人们及其羊群的繁衍。司机说有一些图案可以追溯到五千多年前。他竟然懂得这么多,我很惊讶。他说他从小就来过这里,如今有时还带家人一块儿来。我问他为什么来这里,他却指了指我的手提包。这是个野餐的好地方,我们没有理由还不吃饭,再说我也得得够多的了。把两瓶啤酒浸在冰冷的水渠里,我们在岩石堆中找到一块沙地坐下。然后我用大饼夹着切片的西红柿、黄瓜和洋葱,做成两个三明治。从三千五百米高的山峰上流下来的水,把啤酒浸泡得跟它一样的冰凉。我递给司机一瓶,他摆摆手谢绝了。我忘了他是穆斯林。于是我一个人包揽两瓶啤酒,他喝自己带来的茶。我们吃完三明治,仰面朝天躺在沙地上,享受

西夏帝王的陵墓

着下午觉。在家的时候每天的午觉可是我生活必不可少的一部分。

我们睡了一个小时，司机的劲头还挺足，想带我去看更多的东西。于是返回原来的检查站，此前我们曾从那里离开主路。我们告诉当班人员想继续沿主路走，他让我留下打火机。官方正在推动再造林工程，因此禁止带火柴和打火机进入保护区。我把Zippo打火机留下，进了另一个峡谷。这个峡谷不仅有路，而且路况出奇的好。二十分钟后，我们到了一个有些凌乱的建筑群，这里是当年西夏朝廷的避暑胜地。他们真会选地方，无可挑剔。山坡上松树成荫，微风从雪山中吹来，山泉从高山上流下。在戈壁和沙丘占大部分的地区，如此绝佳之地真是太难得了。

司机带着我走上一条小径，我们一路上气喘吁吁，三十分钟后总算登上了山脊。看着环绕的群峰，我顿生敬畏之心。在山脊上流连了一小时，把两只眼睛都看饱了。因为是星期天，我们并不孤单，除了我们，还有几拨从银川坐公交来的人。他们一边观景，一边站在悬崖上把玻璃瓶往下扔，享受着它们摔得粉碎的声音；接着又有人把塑料袋撕开，抛向风中，比试哪一只吹得更高更远。想到官方不嫌麻烦地禁止带火柴和打火机进入保护区，我就奇怪为什么不禁止这些无聊的人来呢。

返回银川的路上，司机拐上一条岔路，带我来到市区以西四公里的地方。在银川和贺兰山之间荒无人烟的茫茫戈壁上，有九座西夏帝王的陵墓。九百年前，他们从汉人手里夺取了中国的整个西北，在银川建立了都城。后来，银川也成了他们的葬身之地。与中国的其他皇家陵墓都不同，这九座帝陵不是常见的土丘，而是用干泥砖砌成的金字塔。砖上原来覆盖着绿瓦，后为成吉思汗的游牧部落所破坏，现在地上还有残留的瓦砾。在夕阳的照耀下，这些陵墓看上去就像巨大的蚁冢。

　　司机说在帝陵发现的所有文物都搬走了，陈列在银川西塔中。几分钟后我们到了西塔，作为一个展示历史的地方，这里是又一个失败，真令人失望。院子两边是几座积满灰尘的建筑，建筑里是积满灰尘的玻璃柜，玻璃柜里是积满灰尘的文物，文物连个说明都没有。我进大门五分钟就出来了。看够了，太阳也落山了，到结束今天旅行的时候了。我返回宾馆，吃了一碗面条和一盘羊肉，洗了洗衣服就早早睡了。又度过了满满当当的一天。

/ 第二十章 /

青铜峡：黄河边的一百零八种烦恼

离黄河源头越来越近了。但越往上游路越难走，最艰巨的时刻尚未来临。我感到自己就像一条跳龙门的鲤鱼，即使化不了龙，至少要找个产卵的地方。

毛主席在红宝书里说"鼓足干劲，力争上游"。啊，上游！他是在说我吗？

看完了银川，本来我可以坐巴士甚至火车的。为了方便在路上随时停下来，不漏掉该看的地方，我还是租一辆汽车吧。就是前天去贺兰山的那辆，司机也是原来那位。我们出了银川，沿高速路向南一路狂奔。一个小时后，车到吴忠市，这里约百分之九十的人是回族。司机停了车，带我去一位朋友家喝茶，体会当地的茶道。这一带的沙尘那么大，这家人雪白的墙壁和简朴的木质家具却一尘不染。主人为我们端来八宝盖碗茶，碗里除了茶叶，还有冰糖、坚果、葡萄干、枣和玫瑰花瓣果酱。一壶滚沸的开水在旁边烧着。谈资则是1981年的土地改革，那一年耕地在当地居民中重新分配。主人一家通过开荒，已经积攒了好几亩地。

我们没聊多久，因为我还得赶很长的路，日落前必须到下一个目的地。喝了几碗甜甜的八宝茶，我们就向主人辞谢，继续南行。

一百零八塔

三十分钟后，到了青铜峡大坝。中午十二点发船去上游巡回观光，我们来得正是时候。于是司机在码头等着，我上了一条十二座的敞篷小船。在大坝以南两公里，小船经过黄河西岸的一百零八塔。这些小塔已经在这里站了九百年，在山坡上排成一个金字塔似的等腰三角形。这一百零八塔寓意一种佛教观点：人有一百零八种烦恼。过了一百零八塔几分钟，船进入青铜峡，这里的黄河只有二百米宽。在峡口敞开的滩涂上，牧民们正在放羊。我问船长他们卖一只羊收入如何，他说一只羊一百元，包括皮、肉和杂碎。

离开大坝一小时，我们告别青铜峡，进入黄河一百八十度大转弯的河段。船长在西岸停了一会儿，游客纷纷下船，争相爬到那些巨大的沙丘顶上。这块地方如果从高处鸟瞰，情景颇为奇特和震撼。一边是红的山，一边是黄的沙，而不红也不黄的黄河水则流淌在两者中间。一百八十度的大弯内侧是一大片沼泽，成千上万的候鸟春秋两季在这里栖息。现在是五月中旬，没有壮观的候鸟群，只有几只迟到的鸭子。有道是"春江水暖鸭先知"，现在都已经是初夏了，它们才姗姗来迟。在沙丘短暂停留之后，小船又沿着沼泽地的边缘向上游航行了一个小时才掉头返回。这一趟巡游一共花了两个小时。弃船登岸，我们的车继续向南。一路上都是卖大米的广告，足有好几十个。这一带一直是中国的大米主要产地之一。司机说这里的大米叫"珍珠米"，在整个中国都属于最优质的大米。

车走了大约一小时，我们拐上一条土路，去看一座佛寺。寺里的塑像布满尘土，但工匠的技艺却是一流。住持老和尚高兴地带我四处转悠。一直消磨到太阳沉到附近的沙丘后面了，我们才返回主路，又南行十五公里，在一个叫"中卫"的县城早早地吃了晚饭。珍珠米果然名不虚传，但它酿出来的啤酒实在太失败了。不过，想想这里是穆斯林聚居的地区，不鼓励饮酒，出这种状况也就不足为奇了。晚饭后再南行十五公里，到了以高大流动沙丘著称的"沙坡头"。 黄河自青海的源头流过来，在这里甩开了高山大峡，第一次敞开河道。沙坡头是宁夏的顶边儿，到这里司机送我的任务就告完成。我向他道别后，住进了一家宾馆。这时天还没黑，从宾馆可以俯瞰沙丘和黄河的接口，"沙河"就是从那里流入黄河的。今天晚上与大禹渡的那个晚上很相似，又是一夜涛声逐梦来，又是"白日依山尽，黄河入海流"，而且，我又是宾馆唯一的旅人。哦，对了，这里白日依的不是山，而是沙丘。

早晨起来，我租了一匹骆驼，从宾馆大门向黄河走去。像在火车站打车一样，我讲了二十分钟的价，最后仍然是每小时十元，比正常价贵了一倍。还有一种是五十元包一整天。我只想做三小时的短途旅行，于是选了前一种。

沙坡头整个被腾格里沙漠围起来了。这里的人正在万众一心搞沙地复垦，我想看看他们的成效如何，这只有骑骆驼在沙漠里走一遭才能明白。赶驼人让骆驼蹲下，我骑在它背上，赶驼人手握缰绳走在我前面。骆驼爬上宾馆旁边的沙丘，又穿过铁路。正是这条铁路开启了这一地区的首个沙地复垦项目。为什么沙子没有把铁路吞噬呢？这个问题我始终没想明白。

过了铁路，我们沿着一道篱笆，走到一扇门面前。沙地复垦项目正在进行的区域，是不允许外人参观的。好在看门人认识赶驼人，同意替我们走个后门。正在复垦的那片沙地，看起来就像一个巨大的棋盘。沙丘完全被"棋盘"覆盖了。而"棋盘"的每一格是麦秆。这就是著名的"麦草方格"，是中国治沙的杀手锏。巨大的"麦草方格棋盘"把沙固定住了，只要沙不再流动，作物就可以在沙上生长。同时，"棋盘"也有利于保水，这是作物存活所必需的。赶驼人说，这一片复垦区域，最终会种上灌木，直至乔木。这与我先前在榆林见到的情景很相似。不过那次是"高瞻"，这次则是"近视"。我走过了那些"麦草方格"，进入了沙漠。这真是一片沙的海洋，难怪中国古人把沙漠叫"瀚海"。沙子形成巨大的沙波。一些沙丘的坡面很陡，我骑着骆驼直接上下太危险，不得不沿着沙丘脊作"之"字形迂回。在沙漠里走了大约一个小时，我们停下来。赶驼人指着二十公里开外的山峰，说内蒙古就在山的那边，如果我在七月和十月之间再来，他可以带我去那边看几座古城和古庙的遗址。但现在他不愿去，说晚上露宿太冷。

又在沙漠中走了一个小时，我们回到沙坡头。我长时间地站在黄河岸边的淤泥中，跟几位给山羊皮充气的男子攀谈起来。他们把这些山羊皮囊捆绑在一个木框子上，做成羊皮筏子。他们告诉我，做羊皮筏子只能用整张的山羊皮，山羊皮充气不漏，绵羊皮根本不行。而且还要在皮囊里灌些胡麻油，用来保持皮囊的弹性，防止开裂漏气。每一只羊皮筏子的底部绑着十五个山羊皮囊。我问当中一人，坐他的皮筏子去下游的中卫要多少钱。中卫就是我昨天吃晚饭的那个小县城。他说要六十元。这个价不便宜，不过我昨天坐敞篷小船意犹未尽，还想再在黄河上漂流一回，就回宾馆退了房。十分钟后，我已经坐在羊皮筏子上开始冲浪了。到中卫要三个小时。

真正的冲浪只持续了几百米。以后水面平展如镜，皮筏子在上面缓缓滑行。唯一的声音，是水底的石头在水流中的滚动和碰撞声。一个小时之后，筏主停了下来，等我去看岸上的几架老式水车。人们一度用这些水车把水从黄河抽到人工挖掘的灌渠，再由灌渠送到农田灌溉系统。这一地区人工建造的第一条灌渠，可以追溯到两千年前。现在，这些带巨大转轮的水车和灌渠，已经废弃多年，农民都用气压抽水机了。我回到羊皮筏子上继续漂流，在黄河上游壮美的风光中，三小时不知不觉就过去了。

到终点后，筏主就放掉那十五个山羊皮囊里的气。筏子能浮起来，全靠这十五个羊皮囊。接着，他将这些羊皮囊和木架子绑在一块儿，再绑在一辆随皮筏子载来的自行车上。他蹬车回沙坡头，我则抄起行囊，向中卫城走去。那座小城离我现在上岸的地方还有五公里，这里没有公交，只能走一小时的路了。我的下一站是兰州，可走到火车站时，已经赶不上下午两点四十分开往兰州的特快了，而下一班火车要等到午夜。

我决定去中卫县的主要景点高庙走走。高庙离火车站只有几个街区，这座始建于15世纪初的三教合一的庙宇"高"得名副其实。它的建筑层层叠起，一座更比一座高，那一段接一段的台阶，爬起来就像爬山一样。到了最后一座大殿，再登上一段台阶，推开一扇活动门，我总算到了最高处的平台。我的力气没有白花，从最高处俯瞰，只见建筑群檐牙相啄，翼角高翘，更有造型特别奇特的，比如九脊歇山、四角攒尖、十字歇山、将军盔顶等。这些屋顶极具动感，看起来就好像一大群凤凰在展翅高飞，给人极深的印象。同时，高庙也是我见过的寺庙中，空间利用最紧凑的。除了建筑特色，它还拥有一些本地最精美的壁画、木雕和塑像。以前我一直无法理解为什么银川那么令人失望，这一刻我明白了。银川是这个自治区的政治和行政中心，那些坐办公室的人对保护这些毫无政治和行政价值的景点怎么会有兴趣呢？返回火车站，我四仰八叉地躺在行李寄存处的简易床上，等候午夜开往兰州的火车。火车正点到站。上车后我重演硬座换软卧的故伎，幸运地又一次成功了。

羊皮筏子

/ 第二十一章 /

临夏：丝绸之路十万佛

凌晨五点半，列车员把我叫醒，说还有三十分钟就到兰州了。果不其然，她没有骗我。兰州是中国甘肃省的省会，城市受到南北两面崇山峻岭的压迫，只得沿黄河两岸绵延，形成非常狭长的城区。我走出火车站，打车到市区西端的友谊宾馆。进房后先冲了个凉水澡，然后下楼与其他房客一起吃早餐。嘿，不错，居然有咖啡，我正想喝咖啡呢。吃罢早餐，我一边在房间休息，一边等待省博物馆开门。

廊柱式结构的甘肃省博物馆气势宏伟，与我下榻的宾馆隔街相望。上午九点，它一开门我就进去了。走在空旷的大厅里，感觉怪怪的。偌大的一座博物馆，除了保安，就剩下我了。在三楼面对世界最大的黄河古象骨架，我停下脚步，赞叹不已。它是1973年在离兰州不远的河段出土的。其实还有我更感兴趣的，那就是二楼的史前陶器。

中国最早的陶器出现在七千至八千年以前，但那只是单色陶器，上面没有或只有极简单的纹饰。而甘肃出土的这些彩绘陶器，时间约在五千到六千年前，比最早的陶器晚两千年左右，但上面的彩绘是中国乃至远东最早的人类绘画艺术。展出的彩陶大部分是大陶罐，能盛不少水，表面均绘有各种图形；许多图形看起来像黄河水纹和旋涡。

由于这里很少来外国人，一名保安就向博物馆的馆员反映了我的出现。这名馆员姓阎，她主动提出带我四处转转。她说大部分陶罐是在古墓中发掘的，作为陪葬品供墓主在来生使用。有只陶罐里面甚至有烧过的大麻花蕾，据说中国的萨满们用它来与灵界交通。阎馆员还向我展示了一把青铜小刀，它与上面那个陶罐发掘于同一个古村落，可能是村落的萨满们主持祭祀用的。碳测定表明这把小刀产生于五千年前，是目前发现的中国最早的青铜器之一。估计劫匪们认为只是某人丢弃的水果刀，就没有动它。这个有点说笑了，它的样子貌似离现代水果刀远了点。咦，我怎么提起"劫匪"来啦？真是哪壶不开提哪壶。既然说漏嘴了，那我就索性说了吧。甘肃省博物馆曾遭遇一次严重的抢劫，我站的这个地方就是当时的案发现场。

那天我跟着阎女士转悠，注意到地上有几道深色划痕，像是有人拖箱子留下的，便好奇地问她是怎么回事。结果她说出了一段惊人往事。某天中午，博物馆工作人员有的在吃午饭，有的吃过饭在打盹。这时一辆面包车冲进大门，跳下一伙持枪的歹徒。对于参观来说，他们待的时间太短，可对于抢劫来说，足以把博物馆的好东西席卷一空。事实上他们确实劫走了一些好东西，包括一棵玉制金钱树。但令人惊奇的是，一些著名的藏品却留下了，留下的要比他们劫走的值钱得多。我现在看到的世界级的藏品——新石器时代的陶器，就是当年的劫后遗珍。当然也包括上面提到的那把青铜小刀，以及其他一些精美的青铜器，比如著名的"马踏飞燕"。

"马踏飞燕"这件汉代青铜器，出土于丝绸之路上的绿洲武威。铸造者匠心独运地在马头上添加了一朵云彩（至少是类似云彩的装饰），又在一只马蹄下铸了一只燕子，给人以"天马行空，腾云驾雾"的强烈视觉冲击力。它甫一出土就成了中国的国宝，也成了丝绸之路的象征。它现在仍然在展，我希望能长期在展，让更多的人欣赏到它。

　　谢过阎女士，我回到宾馆，冲了一杯速溶咖啡，很久都没空享受这个小小的嗜好了。打开兰州地图，我琢磨着下一个景点去哪里。兰州是丝绸之路上的一个贸易集散中心，不过古丝绸之路的主路并不经过兰州，而是在兰州以西几个小时车程的地方。在那里跨过黄河的丝绸之路为我们留下了中国最好的佛教石刻遗址——炳灵寺石窟。我打算接下来就去那里。下楼询问宾馆前台去炳灵寺石窟的乘车路线，却被告知外国人必须上旅游保险才能去，否则只能在兰州市区游览。旅游保险？我没听错吧。对，确实没错。原来几年前有两名德国游客在甘肃旅游时客死异乡，遗体回国的费用是甘肃省政府支付的，政府为了不再花这个冤枉钱，便要求外国人买旅游保险；没有保险证明，车站不允许卖票给老外。既然如此，那我还是从了吧。旅游保险只能由中国旅行社办理，好在友谊宾馆有他们的办事处。保费不贵，二十五元，保险期十五天。然后我问去炳灵寺石窟的车次，他们说每天只有一趟车，今天的车已经走了。看来下午只能在市区逛逛了。来兰州这趟火车坐得还真有点累，于是我做了一件破天荒的事：给自己放一天假。下午大部分时间我就待在房间里了，看书、睡觉，还有洗衣服。

　　次日早晨，我打车去兰州汽车西站，坐上了七点开往炳灵寺石窟的巴士。太好了，居然还有座位。行程两个半小时，途经一些荒山秃岭。巴士并非直达炳灵寺，而是停在刘家峡大坝，乘客需要下车步行数百米到一座码头，等候约半小时一班的游船。从兰州往返炳灵寺石窟一趟，一共要五个小时，车船费二十五元。多亏我有先见之明带了干粮。友谊宾馆附近的夜市琳琅满目，我找了一家味道不错的摊点，买了土豆芹菜馅饼，在船上又买了两瓶啤酒。啤酒配馅饼，真是绝佳的"黄河野餐"。

我与二十位同行客，乘着游船又一次欣赏了黄河美景。和三门峡水库一样，刘家峡水库的水也十分清澈。大约过了一个半小时，游船驶入一条峡谷，水突然变成了棕黄色。船长告诉我们，再转两道弯，就到炳灵寺石窟了。

现在是五月中旬的枯水期，我们在最后一段水路上遇到了一点麻烦。尽管每天往返于同一条水路，船长还是出现了判断失误，我们的游船撞上了水下的一个移动沙洲，因此不得不等上半小时，直到下一艘游船到达把我们的船拖出来。然后我们继续在峡谷中航行。两岸是斧削般的峭壁和尖塔般的石山，这种地貌在整个黄河都是绝无仅有的，让人心生敬畏。几分钟之后，我们到达目的地炳灵寺石窟。窟龛并不在黄河岸边，还要从一个十分陡峭的码头登岸，步行几百米，进入一条斜谷。

炳灵寺石窟是古代中国佛教艺术的主要中心之一，这些石窟在约一千六百年前开凿于绝壁之上，里面有数百件全中国最精美的佛像石雕和壁画。这里还有一段两百多米长的属于保护性的崖壁，只有一条石阶可以到达，但门票要另付一百五十元。大部分游客都停在悬崖的较低处，参观二十七米高的未来佛——弥勒佛。

这里来一趟不容易，却也不虚此行。只是游览时间太短了，只有一个小时，然后就得坐船返回。如果想多看一会儿，坐下一班船回去，就赶不上回兰州的班车了，必须在大坝附近住一晚。

炳灵寺石窟旁的峡谷

可是来的一路上，我也没看见大坝附近有哪个房子像旅馆的样子。一小时所剩无几，看不了多少东西，我决定不必花冤枉钱去上层崖壁了。

这次炳灵寺石窟之行，给我留下了深刻的印象，特别是那些精美的壁画。在返回大坝的船上，在返回兰州的车上，它们都一直萦绕在我的脑海当中。遗憾的是，大坝附近没有宾馆甚至招待所，时间所限，没能尽情欣赏这些杰作。

第二天早晨，我又要赶早班车了，这次我要去南边的临夏，从汽车南站坐车。一路上又是荒山秃岭，还好有很长一段路是在高处顺着山脊行驶，可以俯瞰下面的绿色峡谷。中间不得不停下来几次，避让公路上的羊群。开到临夏用了三个多小时。临夏人称"小麦加"，这里百分之九十的人口是穆斯林，包括回族、保安族、撒拉族和东乡族。对于迁徙到临夏定居的历史，各民族都有自己的传说，其中东乡族的传说尤其具有启示意义。

最近一篇关于东乡族语言和口头传说的分析文章，说他们曾经是古索格代亚纳人的一个分支，一度居住在临夏以西三千多公里的撒马尔罕（今属乌兹别克斯坦）。公元13世纪初，东乡人的祖先是成吉思汗的雇佣兵，追随他来到甘肃。在甘肃成吉思汗打了他一生中的最后一次战役，于公元1227年去世，地点就在兰州以东。三年后蒙古再次集结大军，向中原发动大规模战役。与此同时，蒙古军队中的东乡部族看中了临夏地区。毕竟在穆罕默德死后不久，穆斯林的传教士就曾到过临夏，信奉伊斯兰教的东乡人到了这里，就感觉像回到了故乡。自此以后，东乡人一直在临夏定居。中国政府上一次的人口普查显示，临夏地区有三万八千名东乡人。在过去的几百年里，东乡族逐渐与撒拉族、保安族、回族等穆斯林族群融合。

炳灵寺石窟弥勒佛像

这些族群都与丝绸之路结下了不解之缘。

早在五千年以前，临夏就是一个人口中心。甘肃省博物馆的许多彩陶，就是在这里出土的。直到近一千年以前，它仍是中国西域古丝绸之路上比兰州更重要的贸易集散中心。这一带除了穆斯林，还有藏民。在临夏吃饭休息一小时，班车继续开往拉卜楞寺，还有四个小时的车程。这趟班车满是朝圣的藏民，他们一路逗笑打趣，其乐融融。

过了临夏，风景焕然一新，荒山秃岭不见了，取而代之的是大片的麦田和遥远的雪峰。但是从沿途大量的木料堆来看，这里的山林遭到了严重的砍伐。但就算是砍伐，如果过后能及时封山育林，还会有我一路上看到的那些荒山秃岭吗？

过了临夏向南行驶两小时，汽车转入一条狭长的山谷。一个藏民家庭临溪而坐，正在吃午饭。他们都穿着厚厚的羊皮袍，男人们赤裸着上身，乌黑的长发一直垂到肩上。

巴士走了很久很久，终于到了夏河县，佛教庙宇建筑群拉卜楞寺就坐落于此。拉卜楞寺是西藏自治区之外又一个重要的藏传佛教圣地。它拥有庞大雄伟的建筑群，宛如一座城镇。不过这座"城镇"只有一条街，沿街有五六家旅馆，我选了一家住下。放下旅行包，我走出房间，在街上随意漫步。沿街有几十家商铺出售朝圣者所需的物品，比如崭新的靴子、各式刀具、宗教仪式用品、随身生活用品以及珠宝衣物。有许多古物也在这里转手出售，我淘到了一张特别古老、特别可爱的佛教唐卡。

路过街道两边一个接一个的店铺，等进了寺院我才发现，原来现在正值斋月，喇嘛们都在斋戒。寺院中央的大院子里聚集了几千名未能进入神殿的藏民。神殿内几名喇嘛正在使用麦克风诵经，每

拉卜楞寺

个人都可以跟着扩音器进行颂祷。聆听诵经的人群中几乎有一半是身穿栗色长袍的年轻喇嘛，他们有些甚至还是孩子。那些藏族男子身穿羊皮衣，头戴羊皮帽；女子则满满地戴着宝石、珊瑚和银饰。每个人都手拨念珠，五体投地。

　　从兰州坐长途车南行，要跋涉七个小时才能到达拉卜楞寺。去那里的多是朝圣的藏族人，也有一些汉族人，偶尔还有几个来旅游的外国人。为了满足不同游客的要求，拉卜楞寺搞了一个公众巡游项目，对外开放寺院十五个神殿中的六个。我走进一个神殿，想要参加巡游，结果里面的一位僧人告诉我，每天只有一次巡游，上午九点开始。我只好返回旅馆，早早吃了晚餐，第二天早晨带上手电又到了那里。

"文革"期间拉卜楞寺被损毁了三分之二，幸存下来的都是藏传佛教艺术的遗世珍宝。幸好我带了手电和望远镜，否则这些难以置信的壁画中繁复精美的细部，不知要错过多少。巡游结束之后，返回时又经过这些神殿，我再一次端详着墙上的壁画，依依不舍。虽然我对藏传佛教一无所知，但它肯定拥有丰富的艺术遗产，因为壁画上描绘了如此多的神灵和故事。

走出拉卜楞寺，再走过街上鳞次栉比的店铺，回到旅馆吃过午饭，我考虑下一步怎么选择。想玩惊险一点的，可以租一匹马，不行就租一辆自行车吧，在附近的草原上尽情驰骋。不过我还没有这么勇猛，只要登上一座山顶俯瞰拉卜楞寺，我就心满意足了。就在这座山上，喇嘛们每年都要展开一幅篮球场那么大的释迦牟尼像，可惜现在壮观的超级大佛像我是看不上了。

才过了午后，时间尚早，我躺在一大片即将发芽转绿的枯草上，在初春的气息中，很快便睡着了。今天又睡了一小会儿午觉，我的黄河之旅越来越像度假了。不过好景不长，"假期"明天将结束。还得坐七个小时的长途车返回兰州，我又要被迫看路上的那些荒山秃岭了。

第二天回到兰州后，我对那些荒山秃岭仍然耿耿于怀，想对这一带的地理环境有更多的了解，于是就去了中科院兰州沙漠研究所。研究所坐落在中科院兰州分院错落有致的楼群当中，向东几个街区就是"兰州饭店"。通常情况下，这些研究机构不对公众开放，外国游客要访问，需要通过当地外事部门。不过我发现，要想直接去也不是什么难事。我打电话到研究所，请求对几位研究员做一次简短的拜访。这个所的研究员数量惊人，有一百二十人。研究员们说，我这几天看到的那些荒山秃岭，并不是最近才有的。最后一个冰川纪的气候变化，以及五千年来这一地区华夏民族与各游牧民族之间频繁的战争，导致了严重的森林破坏和水土流失。数百年前的绿洲变成了现在的沙漠，而且沙漠还在蔓延。中国有大约一百五十万平方公里的国土是沙漠，约占中国国土面积的百分之十六，而且沙漠还在以每年百分之一的速度蔓延，有些地区蔓延的速度甚至达到了百分之十。这是一个什么概念？一种什么景象？显而易见，沙漠化是中国最大的问题之一。

几位研究员告诉我，他们不仅研究沙漠的形成，也研究控制沙漠的蔓延，同时还指导沙漠地区政府的治沙行动。他们建议兰州市政府采取措施，遏制新沙漠的形成。我也明白当地政府意识到了问题的严重性。但是一想到中国的沙漠面积是如此之大，我不禁陷入了沉思：五千年以来的人为破坏，现在才来治理是不是太迟了呢？

我向研究员们深表感谢，感谢他们抽空为我讲解他们的工作。兰州本不以美景著称，现在因为迅速沙漠化，声誉更是一落千丈，越发狼藉不堪了。我从沙漠研究所回到火车站，买了第二天去西宁的火车票。这场沙漠化的谈话把我的心情搞得更郁闷了。离开兰州之前，我决定去两座公园逛逛，让心情敞亮起来。

我首先去了市区南侧的五泉山公园。公元前121年，西汉大将军霍去病率大军二十万，向西驱赶匈奴。大军到达兰州时，发现无水可饮，霍去病一怒之下，抽出宝剑狠狠地劈向脚下的巨石，大声吼道："我不相信这里没有水！"也许是冥冥之中有天神相助，泉水从他劈开的石缝中汩汩地冒了出来。霍去病又用宝剑连续劈开其他四块巨石，与第一块巨石一样，它们又冒出了四股泉水。解决了干渴难题的大军继续向西进发，一直把匈奴人赶回了老家。从那以后,五股泉水一直喷涌到今天,现在兰州的"五泉啤酒"就是取这五股泉水酿制的。

在五泉山转悠了几圈,徒唤奈何地拍了拍那些岩石。我跨过黄河大桥,来到兰州的另一个著名公园——白塔山公园。白塔山公园地如其名,就是围绕山上的一座白塔而建的。塔内奉置的是公元13世纪一位西藏喇嘛的舍利。醉翁之意不在酒,我去白塔山公园并不为看白塔,而是想站在山上看风景。落日时分,我站在山顶,目光从一座古老神祠的瓦屋顶,转到钢结构的"黄河第一桥",再转到如褐色丝带般飘逸的黄河,最后转到楼宇参差的兰州市区。这座蜷伏于两座高山之间的狭长的城,这座受沙漠困扰的并不美丽的城,令我想起了诗人艾略特的诗句 "好似那病人麻醉于手术台上"。是的,手术即将开始,它的名字叫……治沙。

兰州位于黄河上游的中点。此时的黄河,泥沙含量并不很高,还没有成为真正意义上的"黄"河。但这座城市沿黄河两岸二十公里都是工厂。这样的河水,你还想让它清澈吗?

黄河大桥位于五泉山公园和白塔山公园之间的老城区中心地带,把两岸的兰州城连为一体。这个地方古代就有一座浮桥,始建于公元1385年,它是黄河上的第一座浮桥,当然也是第一座桥。这座浮桥存在了五百年,当中不知重修过多少次。在这五百年中,黄河上再没有第二座桥,哪怕是浮桥。这确实是一个奇特的现象,不可思议。你能想象五千公里长的一条河只有一座桥的情景吗?直到近代,黄河中下游的人过黄河,还是靠渡船或者羊皮筏子。

现如今黄河上已经有十来座大桥了,还有一些正在筹建之中。兰州是产生第一座黄河浮桥的城市,也是产生第一座现代黄河大桥的城市。1385年建的浮桥早已没了踪影,它的后任——1907年建的黄河第一座钢铁大桥也差不多是古董了。这座桥由当时的一个外国财团出资，建设质量出奇地差，还未过三十年的保修期，就不得不重建。

　　我打车返回黄河南岸，在友谊宾馆住了最后一夜。洗的衣服第二天就干了。我的黄河之旅已接近尾声，收拾停当，我准备前往青海，黄河源头已经在那里向我招手了。

/ 第二十二章 /

日月山：公主的魔镜从天而降

第二天早晨，我踏上西行列车，前往青海省会西宁。青海是我这次黄河之旅的最后一个省，黄河的源头就在青海。到了西宁，离源头就不远了。从兰州去西宁二百二十公里，就在几十年前，这段路还只能步行或者骑马。步行要八天，骑马也要四天。现在坐火车，只要五个小时。另外西宁的新机场也很快就要投用了，以后每天有航班往返于兰州。青海相对闭塞的交通将一去不复返。不过我还是觉得火车是最佳选择，可以悠闲地欣赏窗外的乡村画卷，又不像汽车那样总有烦人的喇叭。特别是我曾经遭遇的巴士上的种种不爽，有时真能把人折腾死了。

中午刚过就到了西宁，入住"西宁宾馆"后，我到外面随意闲逛，这一逛竟然逛到了青海省博物馆。一路上没有任何标志，就是同一个街区卖面条的小贩都没有听说过它。只有一块小匾宣告它的存在——"青海省历史研究中心"。这座博物馆最有趣的地方在于它的建筑，它曾是马步芳的旧宅。五十年前，当国民党控制着大半个中国时，马步芳曾任青海省长。博物馆并不对外开放，这也许就是它默默无闻的原因。我那天一进大门，馆方竟将我误认为是他们正在等待的某位美国历史学家，还给我安排了讲解员。

博物馆的展品陈设颇为凌乱，貌似馆方在选展和布展上没有下工夫。不过还是有些东西吸引了我。其中最引人注意的是一个有五千年历史的彩绘陶壶。壶的边缘绘着一群裸体的人，性别难以判断，他们正围成一个圈在舞蹈。在中国，类似主题的彩陶只有这一件，因此被视为国宝。我忽然想到，这个陶壶可能初衷就是为了旋转而不是为了盛水，在它旋转时，壶上的人物看起来就像真的在跳舞。如果我猜得没错，那它称得上是世界上最早的情色电影了。我向馆方人员提出了这个看法，这一提露了馅儿，他们开始怀疑我不是他们等待的那位美国历史学家了。于是我就离开博物馆，去看市内的其他景点。

除了这座貌似不存在的博物馆，西宁还有一座不存在但很著名的寺庙。我从宾馆房间可以看到它的遗址，甚至还可以用我的望远镜仔细观察山崖上的洞窟。它就是北山寺，至少有一千五百年的历史，北魏郦道元的《水经注》中曾提到过它。但是"文革"破坏了这座寺庙。我喝了两瓶啤酒，凝视着窗外的土楼山，北山寺的一大片神殿，曾经就在那座山上。

直到20世纪中叶，青海一直是西藏的一部分，因此青海现在随处可见藏文化的影响。藏传佛教六大寺庙之一的塔尔寺就在西宁市以南不到三十公里处，它就是我明天一早要去的地方。塔尔寺之所以如此著名，缘于它是六百年前中国藏传佛教格鲁派（黄教）创始人宗喀巴的诞生地。

我从西宁坐巴士前往湟中县，又花五毛钱坐了一公里的马车，就到了塔尔寺。与甘肃的拉卜楞寺一样，塔尔寺也是一个庙宇建筑群，一共有十座神殿，每一座都有独特的风格。购买门票后，游客就可以参观其中的七座了。我的手电和望远镜又一次派上了用场。

在塔尔寺的神殿里也有壁画，而且可以说是西藏自治区之外最精美的佛教密宗壁画，甚至比拉卜楞寺和五当召的壁画还要好。

从入口往里走，第一神殿的中心是一座塔，塔上覆盖着价值一亿四千万元的金叶之瓦，给人强烈的视觉冲击。第四神殿拥有全寺最伟大的艺术宝藏，壁画美得令人凝神静气，不敢出声。塔尔寺的多数壁画是先绘在布上，然后粘贴于墙上，最后涂以一层保护性的漆。除了我的手电，神殿里唯一的亮光就是酥油灯了。用酥油灯代替蜡烛或煤油灯有多种原因，其中之一是它没有烟，更适应寺庙环境。不过它的气味可不是人一下子能适应的。我就见过一位妇女冲出神殿，找地方呕吐起来。

十座神殿中最吸引游客的是第六神殿，它有固化酥油雕刻的巨幅酥油花（一种彩色浮雕），向游客描绘了黄教的创立和发展过程。这幅酥油花放在玻璃冷柜中。导游说过去为了防止融化，要用冰块把它冷冻起来。每年一月，喇嘛们会把它化掉，用来点酥油灯，然后再用一个月的时间把它重新雕刻出来。

来塔尔寺的游客很多，但朝拜者往往比游客更多，他们动辄一大帮子数百人。一位会说些汉语的藏族妇女告诉我，她是从拉卜楞寺徒步走到塔尔寺的，共有二百多公里，沿途磕了四万个长头，而且打算在塔尔寺再磕五万个。除了磕长头，朝拜者还要围绕各个神殿和舍利塔顺时针转圈，拨动转经筒和念珠。

祭拜了黄教创始人宗喀巴，我走出塔尔寺。寺前的街道上全是小店铺，景象与拉卜楞寺相似，卖的东西也差不多，主要是各种宗教和民俗用品。古旧的首饰和保安族制作的闪亮小刀，都是抢手货。我觉得小刀对我没用，就坐上一辆小马车回到湟中县城，然后又坐下一班巴士回了西宁。这时下午时间尚早，我办完退房手续，

龙羊峡大坝

把包存在宾馆，正好赶上去龙羊峡大坝的巴士。

此次黄河之旅，我已经看过两座大坝，一座是号称黄河第一坝的三门峡大坝，另一座是银川以南的青铜峡大坝。不过它们的重要性都比不上在建的龙羊峡大坝。大坝在西宁市西南，从地图上看并不远，巴士却走了近两个小时。到龙羊峡已经是傍晚时分，没法参观大坝了，只好在水电接待中心找了个房间住了一晚。这是我在黄河岸边度过的第三个夜晚，今晚的感觉与大禹渡和沙坡头都有些不同，安安静静的，没有"黄河入海流"的轰鸣水声。相同的是，今晚我仍然是旅店唯一的旅人。

第二天早晨，我到街对面的办事处去办了游客通行证。第一拨巡游九点半左右开始，内容是参观坝体内部。中国官方早在1955年就有建设龙羊峡大坝的计划，但直到1983年才动工，1987年竣工。竣工之后蓄水发电，导致黄河下游断流两个月。看完大坝内部，一辆区间车将我和其他几名乘客拉到能够坐车回西宁的地方。

回到西宁，中午刚过，我有足够的时间安排下一步的行程，整个黄河之旅中最艰难的时刻就要来了。要出西宁城，去我想看的那些景点，只有两条省级公路和每天一班的巴士，否则游客就只能交通自理或者坐顺风车了。考虑到这段路特别荒凉，什么情况都可能发生，我决定雇一辆吉普车和一位藏语翻译。西宁有几家旅游公司提供这类服务，我找了价位最低的中国青年旅行社。北京吉普带司机，租金每公里一元，藏语翻译每天五十元，路上的食宿费用均由我承担。这条路上住店都不贵，开销实际上并不很大。

第二天一早，司机和翻译来宾馆接我。离开西宁之前，我们在杂货店买够了十天的肉罐头、硬面包以及蜡烛等物什，然后就出发去寻找黄河源头。司机和翻译都没有去过黄河源头方圆两百公里的地域，而且我们三个都不愿带地图。不过我估计我们可以在玛多县城外找到黄河，然后跟着它一路向西；显然我的司机也是这样想的。

玛多县离西宁很远，路上有几个景点我还想看看。出了西宁，我们沿着湟水河一路向西。走到这条河的源头，就开始爬日月山。离开西宁两个小时后，我们登上了日月山顶，停留在日月亭①。日月亭实际上是两个亭子，一个日亭，一个月亭，分别坐落在山口两侧的山头上。古代中国人认为太阳和月亮落山以后，就在这两个地方休息。在上古时代，这里不仅是中华帝国的西部边界，甚至被认为是人类世界的边界，越过这里就意味着离开了人的地界，进入神的地界了。因为中国人认为，如此广袤贫瘠的荒原，只有神才能生存。这片荒原向西延展，无边无际。如今的日月山自然不再是人神的分界线，也不是中原王朝和吐蕃王朝的分界线（唐蕃界线），但仍然是中国农区与牧区的分界线。

三千年前有一个人打破了这个神话，这个人名叫姬满，他有中国人更熟悉的名字——周穆王或穆天子。他是中国的第一个驴友，而且是自驾车驴友。公元前998年，周朝的第五代帝王穆天子驾车西巡，越过此地一路向西，最后登上了昆仑山脉的最高峰。有关周穆王会西王母的故事在中国广泛流传，浪漫的人们甚至给它抹上了一层爱情色彩。在一座战国古墓中，发掘出了记载这次旅行的竹简《穆天子传》。周穆王的这一壮举结束了有关人类地界的错误看法。史学家直到今天也没闹明白，这位帝王当年是怎样率领五万军卒完成这样一次旅行的。

---

① 日月亭系当代建筑，1990年才竣工。——译者注

日月亭

时间到了唐朝，和亲的文成公主也曾在此地停留。她此行是前往拉萨，与吐蕃王松赞干布成亲。在离开大唐国都长安之前，父亲送给她一面魔镜，嘱咐她如果思念故国和亲人，就取出镜子，便会看到她想看的一切。但是当走到我现在站的这个地方，她意识到已经到了中华帝国的边界，便毅然将镜子掷下山谷，以此来坚定远嫁的决心。据说魔镜凌空而降，一分为二，一半化为日，一半化为月，从此这座山就变成了日月山。文成公主的经历与前面讲的王昭君颇为相似，但这位公主似乎更像一个表决心的女生，而没有宫女王昭君那样的悲剧色彩。此外，中国著名小说《红楼梦》中的风月宝鉴，似乎也与公主的魔镜存在某种若隐若现的关联。

我追随着周穆王和文成公主的脚步来到这里，时间已经是公元1991年的5月中旬。这里仍然看不到任何春草的迹象，只有刺骨的寒风从白雪皑皑的日月山顶吹过来。我把夹克拉链往上紧了又紧，一直碰到我那拉碴的胡子才罢手。日月亭上的标记表明，这里的海拔为三千五百二十米。在山的西侧，我痛饮了一瓶苏格兰威士忌，然后我们的吉普车冲下山坡，一头扎进了广袤的褐色草原。

车行数公里，到了卡车停靠站倒淌河镇。顾名思义，倒淌河就是河水倒流。在中国几乎所有的河都向东流。为了解释这种现象，中国古代的神话说，天神们之间曾发生一场决斗，在打斗中，某根支撑世界的柱子不小心被撞倒了，导致世界西高东低，因此河水都向东流。而倒淌河这条小河是个罕见的例外，它向西流，注入青海湖。

道路从倒淌河镇开始分岔，一条向南去玛多县和黄河源头，另一条向西去青海湖、格尔木，最后到拉萨。在往南去黄河源头之前，我还想看看青海湖。于是我们就继续沿着倒淌河走，直到它向北转，消失在远方。这一带的水泥公路像箭一样笔直，就像澳大利亚内陆或美国西南部一样，只是车更少。而且人烟也少，但牧民的数量还是比车多。途中有好几次，我们不得不停车给牧民的羊或牦牛让路。草地还要一个月才会发芽萌绿。它们正在热身呢，祝愿它们这一次比上个夏天干得更好。

一个小时后，我们终于见到了青海湖，那是一片一望无际的瑰丽幻境。我的翻译指着一条岔路跟我说，往北三十公里，有一个叫"小北湖"的去处。他说外国人都喜欢小北湖，喜欢在那里裸体滚沙丘，然后跳入湖中。就连那些来自中国台湾和中国香港地区的女孩子，到那里也变得疯魔起来，在那里裸体滚沙丘。不过现在才五月中旬，太冷了，我可不想脱掉夹克，更不想脱得一丝不挂。虽然手头还剩半瓶威士忌可以热热身，那也抗不住这么冷的天气啊。

两百万年前，青海省的大部分地区淹没在大海中。随后亚洲大陆从海面崛起，形成了无数山脉。山脉中的海水向东流入黄河。可是在大约十三万年前，日月山拔地而起，阻断了这一地区海水的流失。这些流不出去的海水便形成了巨大的青海湖。由于青海湖是咸水湖，直到今天，它的含盐量仍然高达百分之六。

我们沿着青海湖的南岸向西走，两个小时之后，在湖西端附近的黑马河镇向北拐上一条土路。又一个小时之后，到了四年前建在那里的一家便民旅馆。除了少量在当地工作的人，这家旅馆几乎无人问津。前台人员说，我们是一个多星期以来唯一的一拨客人。住宿费并不贵，三个房间一晚上才五十元。热水澡自然是连想都不用想，旅馆不会只为三个客人烧热水。不过至少房间挺干净。

办好入住手续，把包扔在房间，又在烂泥路上向北行驶了三十分钟，就到了鸟岛。我们把车停在篱笆边上。篱笆的作用，是保护筑巢的鸟群不受狐狸和其他不速之客的侵扰。我们从停车场出来，沿着一片沙洲走向鸟岛。十年前，游客上鸟岛必须坐船，现在可以走沙洲了。由于持续干旱和融雪量递减，青海湖正在缩小。尽管如此，它的平均水深仍有二十米，还谈不上干涸。

沙洲尽头是一个陆岬，陆岬过后是一块巨大的石灰石，上面满是筑巢的鸬鹚。五月中旬，鸟群筑巢产卵的季节还没有过去。西边的湖岸线上，一群马正在沿着湖岸狂奔。我们原路返回，走出篱笆，朝一处围墙走去，在这里见到了负责鸟岛野生动物保护的负责人。他让我们进到围墙里面，透过墙上的瞭望窗向外看，只见成千上万的鱼鸥和斑头雁正沿着湖岸线筑巢，占据着好几亩的地盘。这条湖岸线覆盖着大量的鸟羽绒毛。绒毛四处飞舞，甚至飞进我们的鼻孔里。

这位负责人说，由于不速之客越来越多（包括狐狸，也包括我们这样的游客），筑巢的鸟的数量已经从十万只锐减到不足两万只。很多过去常来这里筑巢的鸟儿现在都去了青海湖中央那些更远的小岛。尽管鸟的数量减少了，但场面依然非常壮观。比如我看到数百只鸟同时起落，嘴里衔着食物，送给筑巢的伴侣和幼鸟。

来这里筑巢的鸟类包括鱼鸥、燕鸥、鸬鹚、斑头雁等好多种。不同种类的鸟儿们自觉地把小岛围了一个圈，像哨兵一样守护着这个大家庭。它们伸着像潜望镜一样长长的脖子，湖岸周围的任何动静都逃不过它们的眼睛。如果有狐狸或人类斗胆靠得太近，它们就发出悲伤的鸣叫。按照这位负责人的说法，担任警戒的都是痛失爱侣的雄鸟。

这位负责人还说，筑巢鸟最危险的天敌是黑鹰。他曾亲眼见证一场半空中的鸟类大战，战斗持续了数小时之久，参战的包括鱼鸥和斑头雁，最后筑巢鸟们合力将又大又凶的黑鹰赶跑了。他还向我们解释为什么候鸟会优先选择来这里筑巢。首先是地下温泉使得这里冬天也很温暖。其次是青海湖和附近的淡水河盛产浮游生物和鱼类，包括最独特的湟鱼（又名无鳞鲤）。

拜访了每年春天都来这里筑巢的鸟儿，我们回到旅馆，晚饭吃的正是那位负责人提到的湟鱼。厨师先将湟鱼油炸，然后食客蘸着又酸又甜的酱开吃。我不记得还吃过什么鱼比湟鱼更鲜美的了。三月下旬，成千上万的湟鱼聚集在流入青海湖的淡水河中产卵，产卵高峰发生在五六月间鸟岛附近的布哈河河口。为了产卵，它们可能付出生命的代价。

科学家说湟鱼原本就是黄河的鲤鱼，由于青藏高原不断升高，这些鱼不得不逐渐适应高海拔、强辐射和低水温的生存环境，于是

青海湖鸟岛

身上的鳞片脱落了。这一带的藏族人将湟鱼视为青海湖的灵魂,绝对不钓不吃,但后来汉族人每年在这一地区捕捞五万吨湟鱼。在旅馆外面,经理指给我们看一辆巨型卡车,车上有联合国提供的特殊容器。这些鱼被装进容器,送给世界各地的科学家去研究。

晚饭后我步行穿过一处藏民的小村庄,爬上旅馆后面的小山。纵目远眺,在落日的余晖下,青海湖变幻万千,它先是一片红色,继而变成一片金色,最后成了一片紫色。但走在从小山回来的下坡路上必须格外小心,山坡上到处是老鼠洞,一脚踏进去就容易跌跤。不过还好,天上的星星很亮,就像街灯一样。

第二天一早我们离开鸟岛,朝着高速路的方向开拔。在半路上我们停住车子,和一大卡车来青海湖朝拜的藏民交谈起来。他们打算把佛经绑在石头上扔进湖中,说这些经书是献给"龙"(湟鱼

茶卡湖

的。我突然对昨晚吃湟鱼的行为有些汗颜了。向他们道了再见，我们又继续前行，在黑马河镇上了高速路，重新去了倒淌河镇，再从那里上了去玛多县和黄河源头的路，我告诉司机先往西去茶卡镇看看。茶卡是藏语，意思是"盐海之滨"。青藏高原密布着数百个盐湖，茶卡湖是其中最大的湖之一。

在茶卡镇南面，有一家国营食盐加工中心。与里面的负责人交流后，我登上环湖一周的小火车，而司机和翻译就待在吉普车里等我。环游只要二十五元，我主动提出可以让司机和翻译也上车游览，费用由我支付，可是他们并无兴趣。从加工中心的大门出发，小火车吭哧吭哧地走了三十分钟，朝着盐湖中一处由机械挖凿出来的地方拐了过去。

茶卡湖面覆盖着四米厚的盐。在盐的下面还有十五米深的水。

导游说把盐采走后,从水底生成新盐要两年时间。采出的原盐运到附近的加工中心,然后洗净、电离、晾干,再送到中国的各个城市供食用。青海省内其他盐湖都生产工业盐,唯独茶卡湖生产食盐。导游还说过去清朝的皇帝一直坚持吃这里的盐。我尝了尝,它吃起来确实像……盐。

茶卡湖长二十公里,宽十公里。至少过去三百年间,它一直是中国食盐的产地之一。每年四月到九月,每天一百多名工人从湖中采挖两百多吨盐。而在十月到第二年三月,由于风太大天气太冷,工人无法户外作业,生产也就暂停下来。

现在是五月份,天空湛蓝湛蓝的,湖上却呈现出一种十分美丽的白。而在将盐采走后的空洞中,湖水又呈现出一种绮丽的翡翠色。两小时后我回到吉普车上,告诉司机和翻译可以走了。我们向黄河源头挺进,开始了最后的冲刺。

/ 第二十三章 /

黄河源头：五千年文明五千里路

从茶卡湖出发，我们向东走了一段回头路，但并没有原路返回倒淌河镇，也没有重走返回玛多县城的高速路。就在头一天夜里，司机听旅馆经理说了一条捷径，他决定试试。司机和翻译以前都没走过那条路，但他们都赞成，我也觉得这个主意不错。于是就这么干了。我们拐上一条土路，一路颠簸而行，有时干脆就没有路了。每过大约半小时，偶尔看到有牧民，我们就停车问路。就这样朝东一直走了整整五个小时，然后向南转过一道弯。这时，我们绝望地发现迷路了，那条崎岖的山谷似乎永远没有尽头。

在这片杳无人烟的地方，我们突然发现了一座庙。不过车开不过去，翻译和我就下车走过去。它看起来很近，却走了半小时才到。产生错觉的原因，估计是除了庙所在的光秃秃的山坡，没有其他的参照物。不过我们总算走到了庙里，而且喇嘛还很友好。他们弄明白了我们的来意，指了指旁边的一个山谷。可是那里根本没有路，只有长满草的斜坡，但他们坚持说那里就是我们要找的路。于是我们走回吉普车，开车进入那条山谷。沿着一条马走的小道，先是上坡，再是下坡，然后穿越了看不见尽头的草地。天开始黑了，我们继续往前赶。吉普车的前灯只能照亮正前方，如果路上出现岔道,我们根本就不会知道。到晚上八点,终于看到远方有亮光,于是就朝着亮光开了过去。又一个小时过去了,我们上了高速路,到了卡车停靠站河卡镇。这条"捷径"我们一共走了九个小时。我们都已筋疲力尽而且饥肠辘辘,一方面是劳累,更多的是恐惧,在杳无人烟的戈壁和枯草地里迷路的恐惧。坐在摇曳的烛光里,吃着热乎乎的面条和羊肉,然后在一间泥砌小屋的木板床上睡觉。一切都变得如此美好,真要深深感谢在关键时刻帮助我们的人。

第二天是5月23日。1951年的这一天西藏人民摆脱了农奴制和宗教压迫,迎来了解放。解放日快乐!昨夜下了一整夜的雪,大地上一片白茫茫。不过高速路还好,雪只有一两英寸厚。我们向南过了几个山口,在温泉村停下来吃午饭。顾名思义,这个村子附近有温泉。我们又吃了好几碗热腾腾的面条和一盘羊肉,就朝一条小溪走去。我用温泉洗了头发,又泡了脚。我心里清楚,这很可能是接下来的五天里洗的最后一次澡了,以后别说热水就是冷水澡都别指望。

我们继续南行,一路上的风光越来越好看,到了花石峡镇,景色更是变得醉人心魄了。道路沿着一条小河穿过了阿尼玛卿山脉的一个山口。锯齿状的山脊白雪皑皑,包围在广袤的草原中。如此壮美的景色,却看不到多少人类的踪迹。这一切简直令人难以理解。中国拥挤着十几亿的人口,怎么还会有这样人迹罕至的仙境呢?

路从花石峡开始分岔,向左的一条通往阿尼玛卿山。在二十一座藏族的圣山中,海拔六千米的阿尼玛卿排名第四。正因为有这一殊荣,人们经常可以在山上看到天葬。这种仪式最近才对外来客开放。但是我的时间有限,不得不放过阿尼玛卿山继续南行,终于在太阳就要落山前赶到了玛多县城。

尽管一路上有好几个卡车停靠站，但论县城，玛多是唯一的一个。我们刚到玛多，一场暴风雪就降临了。在找住宿的地方之前，我们把吉普车停在当地派出所门前，然后进去登记。进去后不久就发现，我雇车和翻译的那家旅行社竟然忘了为我们办理许可证。换句话说，玛多县城和黄河源头之间的蛮荒之地，我们是不可以来的。这太突然了，却又是千真万确的事实。

我坐在派出所，脑子里一团糨糊，心想这该怎么办。我回想起从别的外国人那里听来的故事。他们也是事先计划得好好的，但是遇到的情况跟我一模一样，到了目的地才发现旅游机构忘记办理许可证了，甚至办理的许可证干脆就是假的。窗外大雪纷飞，我像掉到冰窟里一样，浑身冰凉，一颗沉重的心还在慢慢往下沉。警察和我的翻译现在不说汉语了，改说藏语。这样正好，我听着他们说话就烦。不一会儿，我的翻译离开了派出所，他回来的时候后面跟着一个人。翻译对我说，一切都搞定了，因为他发现自己的一个叔叔竟然是这里的官员。这天气也真应景，一转眼，就在太阳快要落山的当口，雪过天晴了。啊，不对，不应该说天气，应该说是天上的神灵对我笑了，我也对他们报以感激的一笑。接着我们就聚在派出所那张褪了色的地图前，计划下一步的行动路线。在返程之前，玛多县城也许是我们看到的最后一处人类文明了。

我们把包寄存在街对面的干部接待中心。工作人员添火加煤，把我们房间的大肚炉烧得旺旺的。而后我们出门去翻译的叔叔家吃晚饭，饭桌上我喝了点酒。我见是药酒，就想它一定对我的身体有好处。谁曾想醉了一个通宵，第二天早上我算明白了，在海拔四千米的地方喝酒有多么危险，这可不是李清照"浓睡不消残酒"的风雅。一个女孩走进来，生起了我屋子中央煤炉里的火，又好心地给

向黄河源头进发

我端来了一些热水。我冲了三杯速溶咖啡,又吃了四片阿司匹林。可是根本就没有用。外面又在下雪,我想我们应该等天气好转再启程。这样一想心里挺高兴,其实我只是找个卧床休息的借口罢了。可是我错了。我的藏语翻译走进来,跟我说该出发了。我张口结舌,想说却没说出口,只是指了指窗外的雪,心想他也许没有注意到,或者还没有去过外面。事实上他早就去过了,而且和我的司机都已经准备好动身。我别无选择,毕竟这是我自己的事。

我们把东西收拾停当扔进吉普车,然后向县城外面驶去。走了不到一百米,铺装路就到了尽头。接下来只能靠我们自己了。被雪覆盖的土路忽隐忽现,没有其他痕迹可循。我们每隔几分钟就停下来检查一次,以确定车仍然跑在路上。我们没带地图,不过大地只剩下白茫茫一片,跟地图已经没有关系了。在颠簸中走了一个小时，我们遇见了黄河，就沿着它的上游继续走。不大一会儿，我们就经过了路左侧的几道车辙。这些车辙通往河对岸一个小小的鱼肉加工中心。在这个杳无人烟的地方，要鱼肉加工中心做什么？我正纳闷，突然一望无际的鄂陵湖映入我的眼帘。这个湖藏族人叫它错鄂朗，汉族人叫它鄂陵湖，它还有个叫扎陵湖的"姐姐"，在它西边十公里。这是中国境内海拔最高的湖，海拔达四千三百米。

鄂陵湖面积六百平方公里，比扎陵湖大五十平方公里。她们都受到黄河源头的接济，平均深度十五米。这对姐妹湖出产一种独有的高山鱼。由于海拔太高，这种鱼长得很慢，十年才会长到一斤。因此鄂陵湖东边我们路过的那家鱼肉加工厂并不太繁忙。

我们沿着鄂陵湖北岸那条路行驶，不久就离开湖岸，再次向着起伏的丘峦驶去。在鄂陵湖西岸的南边有一座小山，公元7世纪，吐蕃王松赞干布就是在这里迎到他的汉族皇后文成公主，并护送她前往西藏的。正是这位公主摔碎了思亲的魔镜，从此一去不回头。我希望对她有更多的了解。据说是她将佛教引入藏地的，至少每个人都听过这种传说。不管怎样，这个女孩的意志顽强到令人难以置信，她是骑在马背上走过这片危险地区的，这和我坐在吉普车里可不一样。

不过至少她还有向导，我们却一直在盲人摸象。无论何时，只要看到牧民，我们都要问现在走的路对不对。这里没有标志，只有往不同方向岔开的其他车辆的轮辙。如果跟错了车辙，也就意味着我寻找黄河源头的努力功亏一篑。我们问路的一位牧民用自己的羊皮袄紧抱着一只小羊羔。他告诉我们，小羊羔掉进了溪水里，如果不把它抱在怀里暖着，小羊羔就死掉了。我们向他挥手告别后继续前进，也希望像小羊羔一样有贵人相助。

一位牧民用自己的羊皮袄给打湿的小羊羔取暖

路过鄂陵湖一个小时之后，土路开始沿着扎陵湖岸走。我们在湖边停下来吃午饭：烤馒头和肉罐头。一只孤独的老鹰站在旁边注视着我们，而铁锈色的火鸭正在湖边四处觅食。附近的一个小岛上还有好几千只筑巢的鱼鸥和斑头雁。显然，狐狸的泳技还到不了那个小岛。吃罢午饭，我们离开了湖区，跟着一道车辙继续前行。一个小时以后，我们又来到一个岔路口。听问路时遇到的一位牧民讲，右边的那条岔路通往位于青藏高原中部的中国最大的金矿。金矿在此地以北几十公里。离开省会西宁时，我们曾见到由几百辆拖斗车组成的车队，拉着满满的各种机械设备向同一个地方前进，这些拖斗车就是去那里的。自从几年前发现了金矿，一个有着两万名矿工的城镇就在中国最大的这片荒野上崛起了。为了阻止这个城镇继续扩张，警察禁止外省拖斗车进入，这也是唯一的办法。为我们指路的牧民说整个工程是西宁的一个大款独立投资的。显然此人的财富还会暴涨。

我们选择了左边的岔路，二十分钟后，路过一个帆布帐篷群，它们与藏族牧民的毡房有明显的差异。过后我们才得知，这是一个地质队，正在这片荒野中勘探矿物和石油。我们还得知，他们不仅在保护区勘探矿藏，而且还猎杀濒危动物，食其肉取其皮。

过了这些帐篷，前面出现了一大片盆地。盆地上满满当当地有几百甚至上千个大小不等的湖泊。这里就是星宿海。公元1280年，元朝曾派出一位官员来探访黄河源头。而我们现在所在的地点，就是这位官员当年所到达的极限。我对此一点都不惊讶。现在是五月下旬，星宿海的地面还冻着，我们可以走过。据说到六月下旬，这里就变成了一个真正的大泥淖，开车和骑马都甭想过去，直到十月份地面重新冻合为止。

我们穿过星宿海，进入中国剩余的几个最蛮荒的地区之一。在我们吉普车的面前，一开始是冲出来一只燕子，接着马上又窜出来一只红狐狸，它们一一掠过，迅速钻进了自己的巢穴。接着四只狼出现了，在离车子不到一百米的地方恶狠狠地盯着我们。一对藏羚羊也停止了吃草，似乎在判断我们会不会进入它们的领地。再接下来出现了更奇特的一幕，一大群野驴不知为什么，一看到我们驶来就拦在路上，接着又跟在吉普车旁边"护送"我们好几分钟，走了快有三十米，却始终没能跑过吉普车。它们大口喘气，棕白相间的腹胁用力起伏着，几百只蹄子奔腾在干草地上，将片片雪花高高扬起。最后，它们似乎意识到了自己的愚蠢（所谓"蠢驴"是也），不再追赶吉普车，而是向旷野中散去，消失在远方。这是一片美丽的风景，我甚至有种错觉：这不是中国，而是非洲。

这群野驴怎么来的？一定是一千多年前中东商人骑的驴子进化来的，他们当时走的是丝绸之路的南道。我们走到星宿海的中间，看见一条五六米宽的小河，它名叫玛曲河（又名孔雀河），是黄河源头一带的主要支流。玛曲河流入扎陵湖，扎陵湖又流入鄂陵湖，要说起来，鄂陵湖才算正式意义上的黄河源头，因为从鄂陵湖出来，它就不是小溪而是一条河了。司机停下车，检测玛曲河的深度，发现水只能淹没膝盖，就直接开车冲了过去。三十分钟后，我们到了麻多乡。

麻多与玛多同音不同字，中国人都知道，就我闹不明白。其实两地相距甚远。我们开出高速路的那座小县城叫玛多，而这里的麻多则是曲麻莱县的一个下属乡镇。县城玛多有几十家商店，甚至还有一个电影院，而乡镇麻多只有在周日才会由曲柄转动发电机发电，给一台电视机和一台盒式磁带录像机供电——这两台机器还是省政府赠送的。这个小小的乡镇实际上是个集市。每到周日，多数牧民都会来这里，用羊皮换一匹花布、一口新炒锅或者一副太阳镜。它离最近的公路有二百二十五公里，就是我们今天早晨出玛多县城的那条路；离最近的热水淋浴则有五百公里，那得到西宁了。要说物资供应，曲麻莱县城向麻多乡每周发一辆卡车，在夏天有时每周发两辆。

经过麻多乡的三家商店，我们在一座小砖房前停了下来。走进房子，见到了监管黄河源地区大小事务的唯一官员，他是一位藏族人。当我告诉他希望走到黄河源头时，他先是微微一笑，继而竟放声大笑起来。他说，只有有数的几个中国人以及日本NHK电视台的摄制组成功到过黄河源头。来这里的西方人不下十几个，却没有一个人成功抵达源头。听他这么说，我暗自吃惊，但仍告诉他我决意一试。他意识到无法打消我的念头，就请他的两个助手作为向导与我们一同前往。不过这两人也没到过黄河源头。但是这位官员认为他们或许能帮上我，再不济至少能够保证我们活着回来。

我问他中国人是如何认定黄河源头的。他说是根据不同支流的长度、水量以及流域大小。在过去的几十年中，有三个地方成为黄河源头的候选地。但是最近青海省电视台的纪录片摄制组认定黄河源头是约古宗列曲支流。

我们在说事的时候，一位助手清理出了一个房间，里面有个六米长的睡觉平台。在房间里的煤灰打扫干净之后，我们把行李搬进了屋。司机和翻译开始检查车况，我则出去闲逛了一会儿。

这里离黄河源头实际上已经不到五十公里了，但现在太阳已经落山，因此今天我们不能再赶路。晚饭吃的还是热面条和羊肉，吃完我们就睡下了。这是一个漫长的夜晚。这里的海拔已经高出

牧民和他们的牧群

四千四百米，空气非常稀薄，人就像睡在水里一样，夜里有好几次我都因为氧气不足被憋醒了。以后连续几周，我的两肋一直生疼生疼的。不过不是我一个人这样，司机和翻译也比我好不了多少。天还没亮，我们决定不再睡了，把东西搬上车开拔。我们三个挤前排，我们的两位藏族向导坐后排。虽然他们两位也没去过黄河源头，但大体的位置他们知道，单凭这一点，就比我们好很多倍。

车驶出麻多乡，走西南向，这条路通往一百公里外的曲麻莱县城。大约走了十公里，我们拐上另一条土路。雪时下时停已经连续好几天了，只能勉强分辨出前面车辆的轮辙。我们跟着车辙翻过一道山脊，进入约古宗列盆地。突然间，东方的暴风雪停了，黎明的阳光打在雪地里，呈现出一种"红妆素裹"的分外妖娆来，或者说呈现出一种"白里透红"的与众不同来。约古宗列盆地辽阔而空茫，四周环绕着白雪皑皑的小山。

我们行驶到"盆底"，开始穿越盆地。这时雪开始融化，到处都是小水洼。前面是一条小溪，司机加大油门一下冲了过去。接着又是一条小溪，司机又如法炮制。这次彻底悲剧了！小溪那边的土并没有冻住，结果吉普的轮子陷进泥淖里差不多有一英尺深。我们折腾了一个小时，试图将轮子拔出来，但都无济于事。车轮陷进去，引擎也发动不起来了。我们困死在这里，眼看到手的胜利被一条小溪给毁了。

眼看一次次地发动引擎，一次次地失败，我的翻译建议：剩下的路不多，你干脆走过去得了，你不是那么想找黄河源头吗？现在动身还来得及。他跟两位向导交流了一番，然后告诉我说源头就在十公里开外了。我考虑了一下他的建议。此时离太阳落山还有十个小时，如果每小时走两公里，我正好可以走到黄河源头再返回来。

如果只有一两千米的海拔，我平均每小时能走三四公里。可是现在的海拔远远高于四千米。我向盆地那头望去，那条白雪皑皑的山脊下就是他们所说的黄河源头。我心里不免犹豫起来。就在这时，其中一个向导说他跟我一起去。这等好事，我又怎能拒绝呢？于是我们俩就迈开步子，决意穿过这片冻原。天空中依然飘着雪花，清晨的太阳却照耀在东方的地平线上。我们艰难地跋涉着，前面有多危险还不清楚。难道真的会"出师未捷身先死"吗？不！虽然出师不利，但我坚信今天一定是伟大的一天。我们跳过一丛丛枯草，绕过一个个水洼。两个小时过去了，向导指了指地平线上的一群牦牛，于是我们转身走了过去。又是半个小时，到了牦牛群，我们问牧民是否知道黄河源头在哪里。

这个问题问得貌似有些愚蠢。他们只是牧民，黄河那么多支流，官方认定哪个是源头关他们什么事。但是他们的回答让我吃了一惊。他们指着环绕盆地的众多白雪小山中的一座，明确说那就是源头。看起来要走到那里太远了，我问能否租用他们的马。他们说马太瘦弱了，不能骑人。在那一带，马是一个人最值钱的财产。在夏天马能吃到新草长肥之前，牧民都舍不得骑自己的马。步行太远，马又租不到，于是向导建议我往回走。我又看了一眼牧民指的那座小山，它在盆地的西侧，看起来的确挺远。然而我决意玩命一搏。我告诉向导先走走看，如果过会儿确实没有指望走到那里，在天黑之前赶回去也不迟。于是在向牧民道谢之后，我们继续前行。

现在海拔是四千五百米，在这样的高度，目测的距离往往会欺骗自己的眼睛。空气越来越稀薄，我们走得越来越慢。几个小时下来，还未穿过这片冻原。我俩不说一句话，只是大口大口地喘气。又走了大约三个小时，我们看到了另一户牧民，再次停下来向他们问路。他们指的还是那个方向,说黄河源头就在山脊的那一端。我猛地意识到,黄河源头就在我们前方了,胜利在望,只有大约最后一小时的路。我简直不敢相信自己的眼睛,我们马上就要到黄河源头了!可就在这时,向导提出了异议,他说我们已经走得太远了,如果不立即返回吉普车那里,那么在天黑之前就回不去了。我哪里听得进他的话,耸了耸肩对他说,要回去你自己回去,我要回不去就在牧民家睡觉;你们把吉普车弄出来,明天来接我吧。我向牧民道了谢,转身就开始一个人往前走。很显然,稀薄的空气已经破坏了我的判断力。向导发觉没法子跟我讲道理,只好紧走几步跟了上来。

可是没过多久,我就后悔了,冲动是魔鬼啊。每往前挪一步,都是那么痛苦。我的肺无法换气,我的双眼无法聚焦。我转向向导,告诉他我受不了了。可这次他却反过来鼓励我坚持到底。我们俩不得不两次跪倒在地,只为了呼吸更通畅,可实践证明这毫无作用。我们只得重新站起来,机械地迈动双腿。在意识模糊、不知不觉中,我们竟然神奇地跨过了山脊。看到黄河源头了!石碑、牛头标记,对!就是这里。我们到了!

是的,我们到了,终于到了。牛头碑上写着"黄河源头"四个字。此时此刻,千思百感一齐涌上心头。可是我太累太累了,没力气笑,也没力气哭,只是和向导互拍了照片。在牛头标记的旁边有一块石头,是1987年一队中国探险家立的。之后他们就乘着木筏顺着黄河漂流,计划漂到大海。后来我才知道他们没能完成这一壮举,在西宁以南龙羊峡大坝一带,他们被湍急的黄河水所吞噬。①

---

① 1987年共有"河南黄河漂流探险队""北京青年黄河探险科考队""马鞍山爱我中华黄河漂流考察队"三支民间自发组织的探险队。作者这里所说的"龙羊峡大坝一带"被吞噬的,指的是"马鞍山队"中的成员汤立波、张建安。——编者注

天色向晚，又开始下雪了。在离开之前，我在用藏语写着佛教六字真言"唵嘛呢叭咪吽"的小石头前，恭恭敬敬地鞠了三个躬。我终于意识到，神灵一直在保佑着我，而我对他们已经祈求得太多了。我们开始往回走，速度比来时更慢了。高海拔让我们付出了大代价，我们俩的体力都已消耗到了极限。

早晨蔚蓝的天空，又变成了现在的一场暴风雪。我们从高地朝着吉普车的方向蹒跚而下，满心希望车子已经拖出泥淖，引擎已经修好，他们三个正笑盈盈地等着我们。

拖着沉重的步子走过冻原时，我们看见几顶藏族牧民的毡房，于是转向朝它们走去。向导告诉我紧跟在他身后，他突然从挎包里掏出一支手枪。我心里一惊，手枪！到底出了什么事？他用另一只手指着毡房附近的五六个小黑点。那些小黑点正向我们奔来，越来越大。我终于看清了，那是一群狗，非常大的咆哮着的一群狗。它们刚刚冲到近旁，向导就向空中"砰砰"两枪。狗们便不再往前猛冲，而是围着我们兜圈子。向导又用另一只手从包里掏出一根长绳，绳子的一端系着一个铃铛状的金属重物。他拉直绳子，让它在我们头顶上呼呼地旋转，转了几圈后脱手将重物掷了出去，那个东西在离我们十米远的地上直打转。狗看到金属重物嗖嗖地飞过它们的头顶，就开始往后退。我们就这样横过冻原，走近了毡房。到了可以互相打招呼的距离，牧民们就喊回了他们各自的狗，向导也收起了武器。

一位牧民推开毡房门，邀请我们进去。毡房是用牦牛皮做的，里面有一个铁炉子。进门的地方放着燃料：一堆晾干的牦牛粪。这让帐篷里弥漫着特殊的气味。但是，牦牛粪与牦牛酥油的气味相比，就是小巫见大巫了。后者的那股腐臭味更让人受不了。对了，

黄河源头

就在帐篷门的另一侧,还放着齐腰高的一堆固态酥油呢。我猜这两堆东西放在门的两侧,是为了让人在黑暗中不会把它们搞混。

我对毡房里的空间之大颇为惊奇。毡房由两根木柱支撑,内里约有十米方圆。炉子放在两根木柱之间,贵重物什都放在紧靠内壁的几个木匣子里,匣子旁边是卷起的被褥和毯子。主人铺开几方毯子,我们背朝被褥坐在一起。正对着门的是神龛,神龛里是一张观音像,她是佛教中救苦救难的慈悲菩萨。这时从外面进来几个女人,其中一个抱着一捧雪。她将雪放入煮锅,又往炉子里扔了几个干粪团。雪慢慢融化直到沸腾。然后她去取了一块酥油放入煮锅,又在沸水中加了一些牦牛乳、茶叶和糖。几分钟以后,茶煮好了。我们围坐一圈,啜饮着大碗滚烫的酥油茶,这种茶在中国古代又叫蕃茶。我和向导都非常渴,顾不上说话,只一个劲儿地猛喝。喝完一碗,女主人又为我们满上,再喝完一碗,又再满上。

最后,向导向主人解释我们在做什么,并询问能否租用他们的马。牧民们都摇头。他们说经过严寒的冬天,马变得非常瘦弱。可是,我们现在也虚弱不堪啊。因此我们还是一再要求——至少在我的敦促下,向导一再要求。最后终于成交了。我们出三十元,牧民们极不情愿地租给我们三匹马。我和向导一人一匹,另一匹是赶马的人骑,他还要负责将三匹马赶回来。

我心中一块大石头落了地,终于不用步行,有马骑了。我几乎无法克制喜悦的心情,在穿过冻原的路上,向伙伴们唱起了我唯一会唱的一首骑马的歌。为了应合当时的场景,我稍微改了改歌词:

那天早晨我快乐地走向远方

路遇一个小牧童他骑在矮矮的马上

他帽檐儿高高仰，他念珠儿叮当响
他来到我身旁，他大声把歌唱：
喔普-啼-咿-哟——
小马驹，你与我相依相傍。
不幸的是你的苦难不是我的忧伤。
喔普-啼-咿-哟——
小马驹，你与我相依相傍。
你可知道遥远的雪域是你新的家乡。

在唱第一部分时，我基本上是一个人唱。然后他俩就和我一起唱"喔普-啼-咿-哟"。赶马的牧民也唱了两首藏族歌曲，向导也跟着唱起来。我唱了几嗓子发现搞不定，只好把住马缰，默默地跟着他们向前走。

西藏马的腿较短，可以有效地避免陷入冻原上的凹洞。它们跑得不快，但耐力好走得远。两小时不到，在天色渐渐暗下来的时候，我们回到了吉普车那里。谢天谢地，那辆车已经被拖出泥淖并且修好，正在焦急地等待我们回来呢。我们谢过赶马的牧民，一起钻进吉普车，向着麻多乡开始了胜利大返程。

这一天是1991年5月25日，是我成功到达黄河源头的日子。追随着这条黄色的巨龙，我历时两个多月，行程五千公里。在这条河边，中华文明从五千年前开始发轫；在这条河边，中华帝国创造了空前的辉煌；在这条河边，中国人形成了同一个国家同一个民族的心理和情感。

吉普车在黑暗中颠簸前行。两个多月来的一幕幕涌上我的心头：上海滩的狂欢派对；渤海岸边一去不返的寻仙船；黄河入海口荒凉贫瘠的滩涂；孔子墓上高高的蒿草；泰山、嵩山高耸入云的山峰；函谷关传奇的羊肠小道；壶口瀑布的地动山摇；中国共产党的领导人住了十年的窑洞；被河水侵蚀得破败不堪的长城；黄土高原上常年的水土流失；一眼望不到头的沙漠；颠簸的劣等公路；火车上的硬座；清晨扰人的大喇叭；代表古老文明的佛像、壁画和青铜器；浸泡在山泉中的冰啤酒；我拿出家人照片时围拢过来的人群，他们那黑色的头发黑色的眼睛……

别了，约古宗列盆地；别了，黄河源头。我始终会记得你——伟大的黄河。孕育了五千年中华文明的黄河，奔流到海五千公里永不回头的黄河，我两个多月来魂牵梦萦的黄河。

突然，吉普车的灯灭了。我们停下来，司机把一根备用线接到发动机上，并让我盯着点。车上的灯又亮了起来。午夜时分，终于回到了麻多乡，我累得可以蒙头大睡三天三夜，可是我顾不上了，第二天一早，就继续踏上了返程之路。我现在最想做的事是说话，说大量的话，这需要在朋友中物色一位倾听者……

读书人文化比尔·波特作品介绍

▶《空谷幽兰》

空谷幽兰，常用来比喻品行高雅的人，在中国历史上，隐士这个独特的群体中就汇聚了许多这样的高洁之士，而今这些人是否还存在于中国广袤的国土之上？这是一直困扰着比尔·波特的问题。他于 20 世纪 80 年代末，亲身来到中国寻找隐士文化的传统与历史踪迹，并探访了散居于各地的隐修者……

▶《禅的行囊》

比尔·波特于 2006 年春进行了一次穿越中国中心地带的旅行，追溯了已经成为中国本土文化的重要支脉之一的禅宗，带读者寻访中国禅的前世今生！

▶《丝绸之路》

比尔·波特和朋友芬恩结伴从西安启程，经河西走廊至新疆，沿古代丝绸之路北线从喀什出境到达巴基斯坦境内的伊斯兰堡的丝绸之路追溯之旅。让我们跟随作者的脚步，重温丝路沿线风光壮美的沙漠、长河、戈壁，牵人思绪的佛龛、长城、石窟、古道、城堡和无数动人的历史传说，领略历经沧海桑田的千年丝路文明。

▶《彩云之南》

比尔·波特根据其 20 多年前在我国西南云贵黔地区的亲身游历，以生动、幽默的语言为读者图文并茂地记录了自己"彩云之南"一路上的所见所闻，带我们领略西南边陲地区少数民族那些鲜为人知的故事。

▶《寻人不遇》

2012 年，比尔·波特又开启了一次新的旅程——对中国古代诗人的朝圣之旅。一路上，69 岁的比尔·波特奔波于大江南北，寻访他所钦佩的 36 位中国古代诗人故址（坟墓、故居、祠堂或纪念馆）。每到一处诗人故址，他就敬上一杯酒。"古代诗人特别爱喝酒，我想，他们会喜欢我的威士忌。"

▶《江南之旅》

江南，一片孕育于长江流域特殊环境的区域，一个中国千年的文明中心。对中国人而言，江南不仅仅指地图上的某个地方，而是一个难以用语言表达的精神上的代表。它可能是种满稻子的梯田，也可能是风轻雨斜的古道，还可能是那无法再精致的菜系。带着憧憬，比尔·波特踏上了探访中国"江南 style"的旅程。

如需深入了解作者创作近况和类似图书信息，
请关注读书人文化微信 readers-club。

图书在版编目(CIP)数据

黄河之旅 / (美)比尔·波特著；曾少立译. -- 2版. -- 成都：四川文艺出版社，2017.9
 ISBN 978-7-5411-4777-7

Ⅰ.①黄… Ⅱ.①比…②曾… Ⅲ.①游记—作品集—美国—现代 Ⅳ.①I712.65

中国版本图书馆CIP数据核字(2017)第203408号

HUANGHE ZHI Lǚ
黄河之旅

[美]比尔·波特 著　曾少立 译

责任编辑	苟婉莹　王筠竹	
特邀编辑	张　芹	
版式设计	史小燕	
封面设计	叶　茂	
责任校对	蓝　海	

出版发行	四川文艺出版社（成都市槐树街2号）	
网　　址	www.scwys.com	
电　　话	028-86259287（发行部）　028-86259303（编辑部）	
传　　真	028-86259306	
邮购地址	成都市槐树街2号四川文艺出版社邮购部　610031	
排　　版	四川最近文化传播有限公司	
印　　刷	三河市中晟雅豪印务有限公司	
成品尺寸	145mm×210mm　1/32	
印　　张	7	字　数　170千
版　　次	2017年10月第二版	印　次　2017年10月第一次印刷
书　　号	ISBN 978-7-5411-4777-7	
定　　价	48.00元	

版权所有·侵权必究。如有质量问题，请与出版社联系更换。028-86259301